KB192330

라쇼몬

라쇼몬

동서양의 근현대를 잇는 글쓰기

클래식 라이브러리　018

Rashomon

아쿠타가와 류노스케 지음
이민희 옮김

arte

일러두기

1 이 책은 芥川龍之介, 『芥川龍之介全集』(筑摩書房, 1997)을 옮긴 것이다.
2 인명, 지명 등 고유명사의 우리말 표기는 국립국어원 외래어표기법에 따르되,
  일부 예외를 두었다.
3 주석은 모두 옮긴이의 것이다.
4 문장 중의 긴 줄표시-는 원작에 들어 있는 것으로, 작중인물의 속마음을
  표현하거나 부연설명을 하는 경우에 쓰였다.

차례

라쇼몬(羅生門)

　어느 저물녘의 일이다. 무사 한 사람이 라쇼몬에서 비가 그치기를 기다리고 있다.

　넓은 처마 밑에는 이 남자 이외에 아무도 없다. 그저 여치 한 마리가 군데군데 붉은 칠이 벗겨진 둥그런 기둥에 달라붙어 있을 뿐이다. 라쇼몬이 주작대로에 있는 이상, 비를 피할 요량으로 찾아든 삿갓 쓴 장사치나 두건 두른 무사 두서넛 정도는 더 있어야 맞다. 그런데도 이 남자 말고는 아무도 없다.

　까닭인즉슨, 최근 이삼 년 사이 교토京都에 지진, 회오리, 화재, 기근과 같은 재해가 잇달아 일어난 탓이다. 도성의 쇠락도 이만저만이 아니다. 옛 기록은 불상이나 불사 기구를 부숴서, 단청이 칠해진 것이든 금과 은이 씌워진 것이든, 대로변에 아무렇게나 쌓아 놓고는 땔감으로 팔았다고 전한다. 도성 안이 이러할진대 라쇼몬의 수리 따위 신경 쓰며 돌보는 이 아무도 없었다. 그러자 황폐해진 틈을 타 여우와 살쾡이가 이곳으로 거처를 옮겼다. 도적이 숨어들더니 급기야 임자 없는 시체를 버리는 곳으로 전락하고 말았다. 그래서 사람들은 날이 어두워지면 꺼림칙하다며 라쇼몬 근처에는 얼씬도 하지 않았다.

그 자리는 어디선가 몰려든 까마귀 떼가 채웠다. 밝을 때 보니 까마귀 무리는 높이 솟은 용마루 언저리를 빙빙 울부짖으며 날아다닌다. 이 광경은 라쇼몬 위로 붉은 노을이 질 때면, 참깨를 흩뿌린 것처럼 더욱 뚜렷해진다. 까마귀가 찾아드는 건 두말할 필요도 없이 사체를 쪼아 먹기 위해서다. — 그리고 보니 오늘은 이미 해가 진 탓인지 한 마리도 보이질 않는다. 보이는 것이라곤 쓰러져 가는 라쇼몬과 무너져 내린 틈새로 긴 풀이 돋아난 돌계단, 그리고 그 위로 점점이 들러붙은 하얀 까마귀 똥이 전부다. 색 바랜 감색 하급 무사 차림의 이 남자는 일곱 계단 가운데 가장 윗단에 걸터앉아 오른쪽 볼에 난 커다란 여드름을 신경 쓰면서 멍하니 흘러내리는 비를 바라보고 있다.

작자는 앞서 '무사가 비가 그치기를 기다리고 있다.'라고 썼다. 그러나 무사는 비가 그쳐도 딱히 어찌할 생각이 있는 것은 아니다. 평상시라면 집으로 돌아가는 게 맞다. 그러나 그를 불러줄 주군은 사오일 전에 일을 그만두라고 했다. 앞에서도 썼지만, 당시 교토는 쇠퇴의 길로 접어들어 있었다. 지금 이 사람이 오랫동안 섬겼던 주군한테 내쳐진 것 또한 실은 쇠퇴일로의 작은 여파일 뿐이다. 사정이 이러하니 '무사가 비가 그치기를 기다리고 있다.'로 쓰기보다는 '비에 갇힌 무사가 갈 곳이 없어서 오도 가도 못하고 있다.'라고 적어야 더 알맞은 표현이다. 거기다 비를 몰고 온 하늘까지, 이 헤이안平安 시대 무사가 감상에 빠져드는 데 적잖이 거들었다. 해 질 무렵부터 내리기 시작한 빗줄기는 좀처럼 그칠 기미가 안 보인다. 그래서 무사는 당장 눈앞에 닥친 내일의 생계를 어떻게든 꾸려보려고 — 말하자면 달리 손쓸 방도가 없는 일을 어떻게든 길을 찾고자 이리저리 궁리하면서 주작대로를 향해 쏟아져 내리는 빗소리를 하염없이 듣고 있다.

비는 라쇼몬을 에워싸고 멀리서부터 쏴-아 하고 몰려든다. 하늘은 저무는 땅거미로 서서히 내려앉는다. 눈을 들어 올려다보니 라쇼몬 지붕이 비스듬히 튀어나온 기와 끄트머리로 묵직한 먹구름을 떠받치고 있다.

달리 손쓸 방도가 없는 문제를 해결하려면 수단과 방법을 가려선 안 된다. 그런 걸 따지다간 토담 아래나 길섶 흙더미에서 굶어 죽기 십상이다. 라쇼몬으로 끌려와서 개처럼 버려지는 일만 남는다. 수단을 가리지 않겠다면? ― 몇 번이고 같은 길을 배회하던 무사의 생각은 결국 피할 수 없는 질문에 맞닥뜨리고 만다. 그러나 '가리지 않겠다면?'은 아무리 기다려도 '가리지 않겠다면?'에서 한 발짝도 나아가지 못한다. 무사는 수단을 가리지 말아야 한다는 건 알면서도 그 생각을 마무리 짓기 위해 따라붙는 '도둑이 될 수밖에 없다.'는 사실에는 도저히 마주할 용기가 나질 않는다.

무사는 크게 재채기하고는 힘겨운 듯 자리에서 일어난다. 해질 무렵 쌀쌀해진 교토는 절로 화로 생각이 들 정도로 춥다. 바람은 라쇼몬 기둥과 기둥 사이를 해가 기울기만을 기다렸다는 듯 거침없이 빠져나간다. 붉게 물든 기둥에 달라붙어 있던 여치도 자취를 감춘 지 오래다.

목을 잔뜩 움츠린 무사는 노르스름한 가자미汗衫에 감색 아오襖를 겹쳐 입은 차림새로 어깨를 들썩거리며 라쇼몬 주위를 둘러본다.

비바람 걱정 없고 남의 눈에 띌 리 없는, 하룻밤 마음 편히 지낼 수 있는 곳이 있다면 어떻게든 잠을 청할 생각인 게다. 그러고 있자니 다행히도 라쇼몬 위쪽 망루에 널찍한 사다리가 하나 눈에 들어온다. 저곳이라면 설령 사람이 있다 하더라도 죽은 사람뿐일 게야. 여기까지 생각이 미친 무사는 허리춤 칼자루에서 칼이 빠져나오지 않도록 조심하면서 단청한 흔적이 남아있는 사다리의 가장 아랫단으로 짚신 발을 내디딘다.

그러고 나서 얼마 되지 않았다. 라쇼몬 망루에 걸쳐진 널따란 사다리 중간쯤에서 한 남자가 고양이처럼 몸을 웅크린 채로 숨죽이며 위쪽의 동정을 살피고 있다. 안에서 새어 나오는 불빛이 어슴푸레 이 사람의 오른편 얼굴을 비춘다. 짧은 수염 사이로 붉게 곪은 여드름이 보인다. 애초에 무사는 이 위에 사람이 있다 하더라도 기껏해야 죽은 이가 다일 거라고 장담했었다. 그런데 막상 두세 계단 올라서 보니, 누군가 불을 밝힌 이가 있지 않은가. 그것이 이리저리 주위를 살피는 기색까지 역력하다. 이 광경이 한눈에 들어온 건 희뿌연 불빛이 흔들리면서도 온통 거미집으로 뒤덮인 천장 뒤쪽까지 비춰줬기 때문이다. 비 내리는 오늘 같은 밤에, 그것도 라쇼몬에서 불을 밝히는 자가 있다니 아무래도 보통 사람은 아닌 듯하다.

무사는 흡사 전란으로 죽은 이의 혼령이라도 되는 양 발소리를 죽이며 거의 기다시피 하여 가파른 사다리 꼭대기에 다다랐다. 그러고는 최대한 몸을 낮추면서 목을 앞으로 쭉 내밀고 조심조심 다락 안을 들여다본다.

가만히 살펴보니 이 꼭대기에는 과연 소문대로 송장 여럿이 버려진 채로 아무렇게나 널려 있다. 그러나 불빛이 닿는 범위가 좁아서인지 정확한 수는 알 수 없다. 어렴풋하게나마 그들 가운데 벌거벗은 자와 옷을 입은 자가 있다는 건 알겠다. 당연히 여자도 있고 남자도 있다. 시체들은 그것이 일찍이 살아있었다는 사실조차 믿기 어려울 만큼 흙으로 빚어놓은 인형처럼 입과 팔을 벌린 채로 마룻바닥 위에 이리저리 나뒹굴어 있다. 거기에 희뿌연 불빛이 어깨나 가슴처럼 불룩한 곳을 비추는 바람에 낮게 그림자를 드리운 부분이 한층 어두워져 벙어리처럼 영원의 침묵 속에 빠져있다.

무사는 사체에서 나는 썩은 냄새에 자신도 모르게 코를 막았다. 그러나 그 손은 바로 다음 순간 맡은 임무를 까먹었다. 어느 강력한 감정이 이 남자의 후각을 깡그리 빼앗아 갔기 때문이다.

무사의 눈이 그제야 사체 한가운데 웅크리고 있는 사람의 모습을 발견한 것이다. 검붉은 옷을 걸친 백발의 노파가 보인다. 작고 마른 것이 언뜻 원숭이를 닮았다. 오른손에 불 밝힌 소나무 가지를 든 그녀는 어느 죽은 이의 얼굴을 찬찬히 들여다보고 있다. 머리카락이 긴 것이 아무래도 그 시체는 여자인 모양이다.

무사는 6할의 공포와 4할의 호기심에 휩싸여 숨 쉬는 것조차 잊은 채 그대로 얼어붙어 버렸다. '온몸이 주뼛거린다.'는 옛말은 이럴 때 쓰는 말이다. 잠시 그러고 있는데, 노파가 소나무 가지를 마루판 사이에 꽂더니 잠자코 지켜만 보던 송장 머리 쪽으로 양손을 뻗는다. 그러더니 마치 어미가 새끼 원숭이의 이라도 잡듯이 죽은 여자의 머리카락을 한 가닥씩 뽑기 시작한다. 손놀림에 따라 머리털이 빠진다. 머리카락이 한 올 한 올 뽑힐 때마다 무사의 마음속 공포심은 조금씩 사라져간다. 그 대신에 노파를 향한 증오심이 서서히 끓어오르기 시작한다. ― 아니, 노파에 대한 증오라고 하면 말에 어폐가 있다. 그보다는 모든 악에 대한 반감이 시시각각 강렬하게 밀려든다고 해야 옳을 거다. 이때 만약 누군가 이 무사에게 조금 전 그가 라쇼몬 처마 밑에서 고민했던 '굶어 죽을 것인가, 도둑이 될 것인가?' 하는 물음을 다시 던진다면, 조금의 망설임도 없이 굶어 죽는 쪽을 선택할 거다. 그만큼 악에 대한 이 남자의 증오심은, 노파가 마룻바닥에 꽂아놓은 소나무 가지처럼 이글이글 불타오르고 있었다.

물론 무사는 노파가 어째서 사체의 머리털을 뽑고 있는지 모른다. 따라서 눈 앞에 펼쳐진 이 광경을 선으로 보아야 할지 악으로 보아야 할지 판단조차 서지 않는다. 그러나 이 남자한테는 비 내리는 오늘 같은 밤에, 그것도 라쇼몬 위에서 죽은 이의 머리카락을 뽑는 소행은 그 자체로 이미 용납할 수 없는 악행이다. 조금 전까지 스스로 도둑이 되기로 마음먹었다는 사실은 까맣게 잊어버렸다.

그래서 무사는 훌쩍하고 사다리 위로 뛰어올랐다. 다음 순간 당장이라도 칼을 뽑을 기세로 큰 걸음으로 노파 곁으로 다가갔다. 그 모습을 본 노파가 기겁한 건 두말할 필요도 없다.

노파는 무사를 언뜻 보고도 마치 활로 쏜 돌에 얻어맞기라도 한 듯 소스라치게 놀랐다.

"이 늙은이, 어딜 도망치려고."

무사는 시체에 걸려 넘어지는 와중에도 허둥지둥 달아나려는 노파를 가로막고는 이렇게 소리쳤다. 그래도 노파는 무사를 밀어젖히며 가려고 한다. 그걸 또 무사는 못 가게 밀어붙인다. 그렇게 잠시 죽은 자 사이에서 밀치락달치락 몸싸움을 벌이는 소리만이 울린다. 그러나 승부는 보나 마나 뻔하다. 노파의 팔을 낚아챈 무사가 억지로 그녀를 주저앉힌 것이다. 뼈와 가죽밖에 없는 것이 꼭 새 다리 같다.

"무슨 짓이야? 어서 말해! 말하지 않으면 어떻게 되는지 알지?"

노파의 팔을 푼 무사는 느닷없이 칼을 뽑아 들더니 그녀 눈앞에서 시퍼렇게 번뜩이는 칼날을 휘두른다. 그래도 노파는 입을 꾹 다물고 버틴다. 오들오들 떨리는 두 손에 쌕쌕거리는 어깨 위로 눈꺼풀 밖으로 눈알이 튀어나오기 일보 직전의 눈을 하고는 벙어리처럼 꿈쩍도 하지 않는다. 이 모습을 본 순간, 무사는 이 늙은 여자의 생사가 오롯이 자신의 손에 달려 있다는 사실을 깨달았다. 퍼뜩 이런 생각이 들자, 그때까지 이글이글 타오르던 증오심은 온데간데없이 사라지고, 대신에 그 자리를 메운 건 어떤 일을 잘 해내고 난 후에 찾아오는 느긋한 성취감과 만족감이었다. 그래서 무사는 한결 누그러진 목소리로 노파를 내려다보며 이렇게 말했다.

"나는 게비이시檢非違使의 벼슬아치가 아니다. 잠시 라쇼몬에 머물다 갈 나그네에 불과해. 그러니 너를 포승줄에 묶어서 어찌하려는 게 아니야. 내가 묻고 싶은 건 그저 네가 지금 여기서 무슨 짓을 벌이고 있냐는 거야."

이렇게 묻자 노파는 놀란 눈을 더 크게 치뜨며 무사의 얼굴을 찬찬히 살핀다. 먹잇감을 노리는 사나운 새처럼 붉게 충혈된 눈으로 뭔가 캐내려는 듯 뚫어져라 쏘아본다. 그러더니 코인지 입인지 분간하기조차 힘든 주름투성이 입으로 무언가 씹어 삼키듯 웅얼거린다. 비쩍 마른 목 위로 튀어나온 울대뼈가 움직인다. 그러자 까마귀가 울부짖는 듯한 목소리가 더듬더듬 이 남자의 귓가를 울린다.

"머리카락을 뽑아서 말이야, 그래서 말이지, 가발을 만들려고."

좀 더 그럴듯한 말을 기대했던 무사는 노파의 싱거운 대답에 적잖이 실망했다. 그와 동시에 앞서 부글부글 들끓어 올랐던 증오심이 싸늘한 모멸의 빛을 띠며 마음속에 자리 잡는다. 무사의 이런 심경 변화를 노파가 눈치챈 걸까. 그녀는 한 손에 사체 머리에서 뽑은 긴 머리카락을 집어 든 채로 두꺼비가 우물거리듯 이렇게 중얼댄다.

　　"나도 알아. 죽은 사람의 머리카락을 뽑는 건 몹쓸 짓이지. 하지만 여기 누워있는 이 자들은 모두 이런 취급을 받아도 싸. 방금 내가 머리털을 뽑은 이 여자만 해도 그래. 네 치로 잘라 말린 뱀을 건어물이라 속여서 칼 찬 무사들한테 팔아먹었어. 돌림병에 걸려서 죽지 않았다면 아마 지금도 무사들 거처로 그걸 팔러 갔을걸. 어디 그뿐인가? 이 여자가 판 말린 생선은 맛이 좋다면서 밥상에 올릴 반찬으로 매일 샀다지 뭐야. 하지만 난 이 여자가 나쁘다고 생각지 않아. 그렇게 하지 않으면 굶어 죽을 게 뻔하니까. 그럼, 내가 한 짓도 나쁘지 않잖아. 이렇게라도 하지 않으면 굶어 죽게 생긴 걸 어쩌란 말이야. 다른 사람은 몰라도 이 여자라면 분명 날 용서해줄 거야."

　　노파의 말인즉슨 대충 이렇다.

　　어느새 칼을 거둬들인 무사는 왼손으로 칼 손잡이를 지그시 누른 채 잠자코 이 노파의 이야기를 듣고 있다. 오른손도 자연스레 붉게 고름 진 커다란 여드름에 가 닿아 있다. 그런데 가만히 이야기를 듣고 있자니 무사의 마음속에 용기와도 같은 그 무엇이 솟아오르기 시작한다. 그것은 아까 라쇼몬 처마 밑에서 고민하던 이 남자에게는 없던 그 무엇이다. 또한, 조금 전 라쇼몬 꼭대기로 뛰어올라 이 노파를 붙잡았을 때의 그것과도 전혀 다르다. 무사의 결심은 아사餓死를 택할지 도둑을 택할지 고민하던 걸 끝내는 정도로 그치지 않았다. 이 순간 이 남자한테 굶어 죽는 일 따위는 의식 밖으로 밀려난 지 오래다.

"과연, 그렇단 말이지."

무사는 노파의 이야기가 끝나자 비웃는 듯 이렇게 되뇐다. 그리고는 한 걸음 떼더니 순식간에 여드름에 닿아 있던 오른손으로 노파의 목덜미를 낚아채면서 덤벼들 듯이 이렇게 말한다.

"그럼, 강도질을 해도 날 원망치 마라. 나도 이렇게 하지 않으면 굶어 죽을 처지니까."

그렇게 얼마간 무사는 노파의 옷을 벗겼다. 그리고는 바짓가랑이를 붙들고 늘어지려는 늙은이를 잽싸게 송장 위로 걷어찼다. 사다리 입구까지는 채 다섯 걸음도 안 된다. 무사는 빼앗은 검붉은 옷을 옆구리에 꿰차고는 눈 깜짝할 사이 가파른 사다리를 내려가 어둠 속으로 사라졌다.

시체 더미 속에서 죽은 듯 쓰러져 있던 노파가 벌거벗은 몸을 일으킨 것은 그로부터 오래지 않아서다. 노파는 중얼중얼 앓는 소리를 내며 아직 꺼지지 않은 불빛을 의지하여 사다리까지 기어서 간다. 그리고는 짧고 흰 머리카락을 늘어뜨리며 라쇼몬을 내려다본다. 그러나 보이는 것이라고는 칠흑과도 같은 어둠뿐이다.

무사가 어디로 갔는지는 아무도 모른다.

덤불 숲 (薮の中)

심판대에 오른 어느 나무꾼의 이야기

맞아요. 그 시체를 처음 발견한 사람이 바로 접니다. 전 언제나 처럼 오늘 아침에도 삼나무를 베러 뒷산에 올랐습죠. 그런데 그늘진 덤불 사이로 시체가 보이지 뭡니까? 그곳이 어디냐고요? 야마시나山科 역로驛路에서 1리厘 조금 더 떨어진 곳일걸요. 댓속 빈 삼나무가 얼기설기 뒤엉킨 인적 드문 숲입죠.

시체는 엷은 남색 옷에 도회지 풍의 주름 단 에보시烏帽子를 눌러쓴 채로 하늘을 향해 쓰러져 있었어요. 언뜻 봐도 단칼에 당한 모양인데, 가슴팍을 찔린 탓에 시체 주위에 널린 나뭇잎은 온통 핏빛으로 물들어 있었고요. 피를 봤다니요. 제가 거기 도착했을 때는 이미 멈춰 있었어요. 상처도 말라 있었는걸요. 아, 글쎄 말파리 한 마리는 제 발소리도 들리지 않는지 정신없이 먹잇감을 해치우고 있었다니까요.

큰 칼이라든지 뭐 눈에 띄는 건 없었냐고요? 아니요. 아무것

16

도 못 봤습니다. 제가 본 거라곤 근처 삼나무 밑동 쪽에 떨어진 한 가닥 밧줄뿐입니다. 그리고 또 뭐가 있었더라. 아 참, 밧줄 말고도 빗이 하나 떨어져 있었습죠. 그 사내 주위에 있었던 건 이게 답니다만, 풀이랑 대나무 잎이 죄다 짓밟힌 거로 봐선 죽기 전에 몸부림 꽤나 친 모양입니다. 주위에 말은 없었냐고요? 거긴 애초에 말 같은 게 들어올 수 있는 곳이 아닙니다. 온통 덤불로 가로막혀 있는데 말이 어떻게 들어오겠어요.

심판대에 오른 어느 행자승의 이야기

그 죽은 사내를 본 건 어제가 분명합니다. 어제, 그러니까 점심 때쯤일 겁니다. 세키야마關山에서 야마시나로 들어서려는 길목에서 그자와 마주쳤는데요, 말 탄 여인네와 함께 세키야마를 향해 걸어가고 있었어요. 여자는 두건 같은 걸로 앞을 가리고 있어서 얼굴을 보지 못했습니다. 제가 본 거라곤 하기가사네萩重처럼 형형색색의 여러 겹옷이 전부예요. 말은 붉고 흰 털빛이 도는 적부루마로 까까중이처럼 갈기가 짧았던 것 같아요.

길이요? 손가락 네 마디 정도 되려나……. 출가한 몸으로 세상살이에 어두운지라 잘은 모르겠습니다. 그래도 사내는 똑똑히 봤어요. 칼도 차고 있었고 활과 화살도 지니고 있었지요. 열두 대가 족히 넘어 보이는 화살이 검게 옻칠한 화살통에 꽂혀 있는 걸 지금도 똑똑히 기억하고 있는걸요.

그자가 그렇게 죽을 줄은 생각지도 못했습니다. 참으로 인간의 생명이란 덧없기 그지없습니다그려. 정말로 딱한 일입니다.

심판대에 오른 어느 포졸의 이야기

제가 그놈을 어디서 붙잡았냐고요? 그자는 다조마루多襄丸라고 아주 악명높은 도둑놈입니다. 제가 그놈을 결박한 건 아마 그놈이 말에서 떨어졌을 때였을 겁니다. 아와다구치粟田口에 있는 돌다리 위에서 끙끙거리고 있었어요.

그게 언제냐고요? 엊저녁쯤이었어요. 언젠가 제가 그놈을 놓쳤을 때도 지금처럼 감색 옷에 거추장스러운 칼을 차고 있었지요. 보시다시피 그새 활과 화살 같은 게 더 늘어났잖아요. 안 그래요? 그 죽은 자가 갖고 있던 것도, 그럼, 사람을 죽인 자는 다조마루가 분명합니다. 가죽으로 동여맨 활과 검게 옻칠한 화살통, 매의 꽁지깃으로 만든 화살 열일곱 대, 모두 죽은 사람이 갖고 있던 거라면서요. 그래요. 말도 갈기가 짤따란 적부루마가 맞아요. 그런 짐승만도 못한 놈과 마주치다니 무슨 인연이 있는 게 틀림없습니다. 말은 돌다리가 끝나는 곳에서 기다란 고삐를 끈 채로 길가에 난 참억새를 뜯고 있었습니다.

이 다조마루라는 놈으로 말할라치면 도성 안을 떠도는 도둑놈 중에서도 특히 색을 밝히는 놈입니다요. 지난가을 도리베데라鳥部寺 절 근처 빈즈루賓頭盧 뒷산에 참배하러 왔는지는 잘 모르겠지만, 아무튼 궁녀가 몸종과 함께 죽임을 당한 일이 벌어졌었는데, 그자의 소행이라는 얘기가 한동안 나돌았습죠. 그 적부루마에 올라타고 있던 여인네도 무사하지는 못했을 겁니다. 다조마루가 그 여자와 함께 있던 사내를 죽였다면 말이죠. 제가 할 소리는 아니지만, 그 여자도 함께 문초해야 할 겁니다.

심판대에 오른 어느 노파의 이야기

예. 그 시체는 제 여식이 시집간 사내가 분명하옵니다. 하지만 도회지에서 온 자는 아닙니다. 와카사若狹 지방의 관서에 소속된 사무라이侍예요. 이름은 가나자와 다케히로金澤武弘이고 올해로 스물여섯입지요. 그럴 리가요. 워낙 착해서 남한테 원망을 살 일 따위 애초에 만들지 않았을 겁니다.

제 딸 말입니까? 이름은 마사고眞砂이고 열아홉이지요. 여느 사내 못지않게 씩씩한 아이지만 다케히로 말고는 다른 사내를 만난 적이 없어요. 가무잡잡한 얼굴에 왼쪽 눈가에 검은 점이 있어요. 작고 갸름한 것이 아주 예쁘지요.

다케히로는 어제 제 여식과 함께 와카사로 향했다는데, 이런 일이 일어나다니 이게 다 무슨 일이랍니까? 제 딸은 어떻게 됐답니까? 사위는 그렇다 치더라도 그 아이가 걱정입니다. 이 늙은이의 평생소원이니 온 산천초목을 뒤져서라도 부디 제 여식을 찾아주시옵소서. 아무리 마음을 다잡아봐도 다죠마룬가 뭔가 하는 도적놈을 도저히 용서할 수가 없습니다. 사위뿐만 아니라 제 딸까지……. (하염없이 울먹이는 소리만 들린다)

다조마루의 자백

그 사내를 죽인 사람이 바로 접니다. 하지만 여자는 죽이지 않았어요. 그럼, 어디로 갔냐고요? 그야, 저도 모르죠. 거, 진정 좀 하세요. 아무리 다그쳐봤댔자 모르는 건 모르는 겁니다. 어차피 이렇게 된 이상 이놈도 더는 비겁하게 굴지는 않을 테니.

제가 그 부부와 마주친 건 어제 점심시간이 조금 지난 무렵이었습니다. 그때 어디선가 바람이 불어와 그 여자가 쓰고 있던 두건이 살랑거리는 바람에 얼굴이 언뜻 보였습니다. 아주 살짝 — 그런데 뭔가 봤다 싶은 바로 그 순간, 그대로 사라지고 말았어요. 아마도 이게 제가 살인을 저지른 까닭일 겝니다. 제 눈에는 그 여인네가 보살처럼 아름답게 보였거든요. 이것저것 따질 겨를도 없이 여자를 차지하고야 말겠다고 마음먹었습니다. 설령 남자를 죽이는 한이 있더라도 말이죠.

그깟 사내 하나 처리하는 건 이놈한테는 일도 아니니까요. 어차피 여자를 차지하려면 사내를 죽여야 하거든요. 당신들과 이놈이 다른 게 있다면, 그건 제가 허리에 찬 칼을 쓴다는 거죠. 칼 대신 권력으로 사람을 죽이고 돈으로 살인을 저지르는 당신들과 난 달라요. 당신들은 여차하면 남 위하는 척 살살거리는 말로도 사람을 죽이잖아요. 물론 피는 흘리지 않죠. 상대는 팔팔하게 살아 있어요. — 하지만 그렇다고 해서 죽이지 않은 건 아니죠. 죄의 깊이를 따지자면 당신들이 더 깊을까요? 아니면 제가 더 잘못했을까요? 선뜻 대답할 수 없을 겁니다.(비웃는 듯한 미소를 띠며)

사실 남자를 죽이지 않고서도 여자를 차지할 수 있는 길이 있다면 딱히 죽일 필요는 없겠죠. 아니지. 솔직한 제 심정으로는 가능한 죽이지 않고 여자를 뺏어오고 싶었습니다. 하지만 저 야마시나 길가에서는 어쩔 도리가 없었습니다. 그래서 전 그 부부를 숲속으로 꾀어낼 방도를 짜냈지요.

이놈한테는 그 또한 식은 죽 먹기입죠. 부부와 길동무가 되어 저쪽 산에는 오래된 무덤이 있다는 둥 그 무덤을 파헤쳤더니 거울이랑 칼이 무더기로 쏟아져나왔다는 둥 하면서 끌고 들어가는 거죠.

그 누구도 찾을 수 없는 깊은 산중에 그때 파헤친 물건을 묻어두었는데, 혹시 살 생각이 있으면 싸게 넘기겠다면서 말이죠. 솔깃했던지 어느새 남자는 제 말에 넘어와 ― 이놈 얘기를 들으니 어떻습니까? 욕심이라는 게 참으로 무섭지 않습니까? 그로부터 반 시간도 안 되어 그 부부는 저와 함께 산길을 향해 말을 끌고 있었으니 말입니다.

그렇게 얼마간 가다가 덤불 근처에 다다르자 '여기 보물이 묻혀있으니 어서 와서 보십시오.' 하고 재촉했습니다. 재물에 눈이 먼 남자가 그걸 마다할 리가 있겠어요? 그런데 여자는 말을 탄 채로 기다리겠다지 뭡니까. 하긴 얼기설기 넝쿨 진 덤불을 보고서 제 발로 들어가겠다는 말이 나오면 이상한 거죠. 사실 처음부터 제가 바라던 바여서 여자만 홀로 남겨둔 채 남자랑 단둘이 숲속으로 들어갔습죠.

얼마간 대숲만 이어졌어요. 1리의 반도 못 미쳐 삼나무가 우거진 숲이 ― 이 일을 성사시키기에 이만한 곳이 또 어디 있겠습니까? 전 이때다 싶어 넝쿨을 가르며 '보물은 삼나무 밑동에 묻어두었어요.' 하며 그럴듯한 말로 끌어들였습죠. 그러자 그 남자는 제 말이 떨어지기가 무섭게 나무 틈새로 파고들었습니다. 그러다 대나무가 듬성듬성한 틈으로 삼나무가 여럿 보이는 곳 ― 전 그 자리에 다다르자마자 냉큼 그 사내를 덮쳤습니다. 상대도 칼을 차고 있는 만큼 만만치 않겠지만, 워낙 갑자기 당한 일에 별수 있겠어요? 그대로 한 그루의 삼나무 밑동에 칭칭 감긴 신세가 되었죠. 밧줄이 어디서 났냐고요? 그야 고맙게도 제가 도둑인지라 언제 남의 집을 넘을지 모르니 늘 허리에 차고 있었죠. 소리가 새는 게 걱정인데, 그것도 댓잎을 입에 쑤셔 넣기만 하면 간단히 끝납니다.

덤불 숲(藪の中)

그렇게 남자를 처리하고 나서는 여자가 있는 데로 곧장 달려가 갑자기 남자의 몸에 이상이 생겼다며 함께 살피러 가자 했습죠. 이 또한 제가 예상했던 대로 먹혔겠죠? 여자는 삿갓이 벗겨진 채 제 손에 이끌려 덤불 속으로 들어갔습니다. 그런데 그곳에 당도하여 남자가 나무뿌리에 묶여있는 걸 보자 어디서 났는지 작지만 날카로운 칼을 꺼내 들지 뭐예요? 제 평생 그렇게 씩씩한 여자는 처음 봅니다. 만약 그때 제가 조금이라도 방심했다면 단번에 옆구리를 찔렀을걸요. 아니지. 어찌 몸을 돌려 피했다 해도 상대가 죽기 살기로 달려든다면 분명 다쳤을 겁니다. 하지만 제가 누굽니까. 다조마루 아닙니까. 칼을 꺼낼 일도 없이 그럭저럭 짤막한 칼을 물리쳤습죠. 제아무리 기 센 여자라도 손에 든 게 없으면 별수 있나요. 드디어 제 바람대로 남자를 죽이지 않고서도 여자를 가질 수 있게 된 겁니다.

남자를 죽이지 않고서도 ― 그래요. 전 분명 남자를 죽일 생각이 없었어요. 그런데 엎드려 우는 여자를 뒤로하고 덤불 숲에서 빠져나가려는데, 느닷없이 여자가 미친 사람처럼 제 소매를 잡고 매달리지 뭡니까? 그러면서 울먹이며 한다는 말이 '당신이 죽든지 남편이 죽든지 둘 중 한 사람은 죽어야 해요. 모두에게 수치를 당하느니 차라리 죽는 게 나아요.' 하더군요. 또 이런 말도 했어요. 아, 글쎄 '어느 쪽이든 살아남은 사내를 따라가겠어요.' 하며 훌쩍이기도 했다니까요. 바로 그 순간, 전 그 남자를 기필코 죽이고야 말겠다는 결심이 섰습니다.(침울한 흥분)

이런 얘기를 들으시면 분명 이놈이 당신들보다 잔혹하게 보일 겁니다. 하지만 그건 당신들이 그 여자의 표정을 눈으로 보지 않아서예요. 이글거리는 눈동자를 직접 봤다면 얘기는 달라질 겁니다.

전 여자와 눈이 마주쳤을 때, 날벼락을 맞는 한이 있더라도 이 여자를 내 것으로 삼겠다고 마음먹었습니다. 내 여자로 만들겠다. ― 제 머릿속은 온통 이 생각뿐이었습니다. 이런 제 심정은 당신들이 생각하는 것처럼 천박한 욕정이 아닙니다. 만약 당시 제가 욕정이 아닌 딴마음을 품지 않았다면, 그녀를 걷어차고 도망치면 그만이었겠죠. 남자를 죽이겠다고 제 칼에 피를 묻힐 일도 없었고요. 하지만 어두컴컴한 덤불 속에서 여자의 얼굴이 살짝 내비치는 순간, 남자를 죽이지 않고서는 이 자리를 떠나지 않겠다고 마음을 굳혔습니다.

아무리 그래도 비겁하게 죽이고 싶진 않았습니다. 그래서 밧줄을 풀어주고 정정당당히 싸우자 했습죠.(삼나무 밑동에 떨어져 있던 밧줄은 이때 풀어준 것으로 깜빡 잊고 챙기질 못했어요.) 남자는 표정이 싹 바뀌어서는 큰 칼을 빼 들었습니다. 그러고는 다짜고짜 달려들었죠. ― 이번 칼싸움의 결말은 듣지 않아도 아실 줄로 압니다. 제 칼날은 스물세 번째 겨루기로 상대의 가슴팍에 꽂혔습니다. 스물세 번째 ― 이 사실을 기억해 주세요. 전 지금 생각해도 이 사실이 놀라울 따름입니다. 세상에서 저와 겨루어 스무 번을 넘긴 사람은 이 남자가 처음이니까요.(유쾌한 미소)

전 남자가 쓰러지자마자 피 묻은 칼을 아래로 늘어뜨린 채 여자가 있던 쪽으로 몸을 돌렸습니다. 그러자 ― 예, 맞아요. 여자가 온데간데없이 사라졌지 뭡니까? 전 그녀를 찾아 삼나무숲을 샅샅이 뒤졌습니다만, 댓잎에는 아무런 흔적도 남아있지 않았어요. 귀를 쫑긋 세워보아도 들리는 거라곤 남자의 목구멍에서 새어 나오는 단말마의 숨소리뿐이었습니다.

어쩌면 여자는 칼싸움이 시작되자마자 도움을 청하러 넝쿨을 헤치고 도망쳤는지도 모르겠다. ─ 생각이 여기에 미치자, 제 목숨줄이 달린 이상 곧장 칼이랑 화살이랑 챙겨서 산길로 내려왔습죠. 길가에 다다랐더니 여자가 타고 있던 말이 한가로이 풀을 뜯고 있었고요. 다음 얘기는 말해 뭐 하겠어요. 제 입만 아프지. 굳이 더 말씀드리자면, 장안에 들어오기 전에 칼은 다른 사람한테 넘겼어요. ─ 제가 드릴 말씀은 이게 답니다. 언젠가 이놈의 모가지도 나뭇가지에 매달릴 걸 알고 있으니, 부디 극형에 처해주시옵소서.(당당한 태도)

기요미즈데라淸水寺로 찾아든 여인의 참회

─ 검푸른 옷을 입은 그 남자는 절 욕보이고선 나무 기둥에 묶여있던 제 남편을 바라보면서 놀리듯 웃었습니다. 그이의 심정이 어땠겠어요. 아무리 몸부림쳐도 꽁꽁 묶인 밧줄은 오히려 몸속으로 파고들 뿐입니다. 저는 저도 모르게 남편을 향해 구르듯 달려갔어요. 아니지. 달려가려고 했어요. 그러나 제가 그이한테 도착하기도 전에 어디서 나타났는지 남자가 절 걷어찼어요. 전 쓰러지고 말았죠. 바로 그 순간 전 깨달았어요. 남편의 눈에 무언가 말로 표현할 수 없는 광기가 어려있다는 사실을요. 형용하기 어려운 ─ 지금도 그때 그이의 눈빛을 떠올리면 온몸이 부들부들 떨려옵니다. 한마디도 말을 할 수 없었던 남편은 그 짧은 순간 눈빛으로 모든 걸 말하고 있었어요. 그런데 그 눈빛에 어려있던 건 분노도 아니고 슬픔도 아닌 ─ 절 경멸하는 싸늘한 눈빛이지 뭐예요? 전 도적한테 발로 차인 아픔보다 눈빛에 얻어맞은 듯하여 비명을 지르며 그만 정신을 잃고 말았습니다.

그러는 사이 간신히 정신을 차리고 보니 검푸른 옷을 입은 남자는 어디론가 사라지고 없었습니다. 삼나무 밑동에는 남편이 그대로 묶여있었고요. 전 댓잎 위로 간신히 몸을 일으키고는 남편의 얼굴을 바라봤어요. 하지만 눈빛은 여전히 싸늘했습니다. 멸시의 밑바닥에 증오심도 깔려 있었지요. 수치심, 슬픔, 분노 ― 당시 제 마음속에서 일어났던 감정을 무슨 말로 표현해야 할지 모르겠어요. 전 비틀거리는 몸을 간신히 이끌어 남편에게 다가갔어요.

"여보. 일이 이렇게 된 이상 더는 당신과 함께 할 수 없어요. 전 이미 죽을 각오가 섰어요. 하지만 ― 당신도 죽어주면 좋겠어요. 당신은 제가 당하는 걸 봤어요. 전 이대로 당신 혼자 남겨둘 수가 없답니다."

전 정말이지 열심히 제 심정을 남편에게 전했어요. 그런데도 그이는 벌레라도 보는 듯 빤히 쳐다볼 뿐이었습니다. 전 찢어지는 듯한 가슴을 부여잡으며 넝쿨 속에서 그이의 칼을 찾았어요. 하지만 도적이 가져갔는지 칼은 물론 화살 하나 눈에 띄질 않았습니다. 그런데 다행히도 제 호신용 칼이 발밑에 떨어져 있지 뭡니까? 전 그 칼을 들고 다시 한번 남편을 향해 말했습니다.

"제가 당신을 죽여드리죠. 저도 바로 따라가겠어요."

이렇게 말하자 그제야 남편이 입을 열었습니다. 입에는 여전히 댓잎이 한가득 물려 있던지라 목소리는 하나도 들리지 않았지만, 무슨 뜻인지는 단박에 알아챘어요. 경멸이 가득한 눈은 '어서 죽여!'라고 말하고 있었어요. 저는 인사불성이 되어 푸르스레 붉은빛이 도는 남편의 가슴을 향해 푹하고 칼을 찔러넣었습니다.

저는 이때도 정신을 잃었던 모양입니다. 정신이 들어 주위를 둘러봤을 때 남편은 이미 밧줄에 묶인 채 숨이 멎어 있었으니까요.

덤불 숲(藪の中)

그이의 창백한 얼굴 위로는 석양이 비치고 있었고요. 우거진 삼나무 숲 사이로 한 줄기 빛이 뚫고 들어온 거죠. 전 울음을 삼키며 그이의 몸을 옥죄고 있던 밧줄을 풀었습니다. 그리고 ─ 그다음에 제가 뭘 했냐면요. 이제 더는 말할 힘도 없어요. 스스로 목숨을 끊을 힘도 없었거든요. 제 칼을 목에 갖다 대기도 하고 산자락 연못에 몸을 던지기도 하고 별짓을 다 해봤지만, 이렇게 멀쩡히 살아 있으니 부끄럽기 짝이 없습니다.(쓸쓸한 미소) 대자대비하신 관음보살님도 저같이 한심한 계집은 받아주시질 않는 게지요. 그럼 남편을 죽인 전, 게다가 도적놈에게 몸까지 더럽힌 전 도대체 어떻게 해야 한답니까? 전 이제 어쩌면 좋아요?(갑자기 감정이 북받쳐 흐느껴 욺)

무당의 입을 빌려 듣는 죽은 혼백의 이야기

그놈은 내 처를 범하더니 허리를 숙여 달래기 시작했어. 알다시피 난 말을 할 수 없는 상태였지. 몸도 삼나무 밑동에 그대로 묶여있었고. 그런 와중에도 난 계속 아내에게 눈짓했어. '이 자가 하는 말을 믿지 마. 다 거짓이야!' 하고 말이지. ─ 난 어떻게든 내 뜻을 집사람에게 전하려 했어. 그런데 아내는 털썩하고 풀밭에 주저앉더니 하염없이 제 무릎만 쳐다보지 뭐야? 아무래도 그 도적놈 말에 넘어간 게지. 난 질투심에 버르르 치가 떨렸어. 도적놈은 아랑곳없이 내 처를 이리저리 꼬드기고 있었고. 한번 몸을 더럽히면 다시는 서방한테 돌아갈 수 없다는 둥 하면서 말이지. 그런 자를 따라가느니 차라리 자기를 따르는 게 어떻겠냐는 둥 자기는 상대가 맘에 들기만 하면 다른 건 상관없다는 둥 ─ 대담하게도 이런 얘기를 늘어놓기 시작했어.

도적놈 말을 듣고 있던 집사람은 황홀한 듯 머리를 쳐들었어. 난 그때처럼 아름다운 아내의 모습을 본 적이 없어. 그런데 그런 그녀가 밧줄에 묶여있는 내 앞에서 도적놈을 향해 뭐라고 말한 줄 알아? 난 이승과 저승을 헤매는 와중에도 아내가 한 말이 떠오를 때마다 분노가 치미는 걸 금하질 못했지. 그녀는 분명 이렇게 말했어.

— "그럼, 어디라도 좋으니 절 데려가 주세요."(긴 침묵)

내 처의 죄는 그게 다가 아냐. 아까 말한 게 전부라면 지금껏 이토록 괴롭지는 않을 거야. 이게 정녕 사실인가 싶게 도적놈의 손을 잡고 덤불 숲을 빠져나가려던 집사람은 갑자기 싹하고 얼굴에서 핏기가 가시더니 삼나무에 묶여있는 날 손가락으로 가리켰어. "저 사람을 죽여주세요. 저자가 살아 있는 한 당신과 함께 할 수 없어요." — 아내는 마치 미친 사람처럼 이렇게 외쳐댔지. "어서 저자를 죽여요." — 이 말은 폭풍처럼 지금도 날 머나먼 어둠 속으로 내몰고 있어. 세상에 이토록 가증스러운 말이 어디 또 있을까? 도대체 인간의 입에서 어찌 이토록 저주스러운 말이 나올 수 있는지? 어떻게 — (별안간 뿜어져 나오는 조소) 그 말을 들었을 때는 도적놈조차 얼굴이 허얘졌으니. "어서 저자를 죽여요." — 아내는 이렇게 외쳐대며 도적놈 소매를 잡고 늘어졌어. 그놈은 멀끔히 내 처를 쳐다보며 가타부타 말이 없었어. — 그런데 느닷없이 그런 아내가 댓잎 위로 쓰러지지 뭐야. 그놈이 발로 걷어찬 게지.(재차 뿜어져 나오는 조소) 도적놈은 조용히 팔짱을 끼더니 이번엔 날 쳐다봤어. "이년을 어쩔까? 죽일까? 살릴까? 그냥 고개만 까딱하면 돼. 죽여?" — 난 이 말을 듣는 순간 그놈의 죄를 사했어.(재차 긴 침묵)

집사람은 내가 주저하는 동안 뭐라 비명을 지르더니 냅다 덤

덤불 숲(藪の中)

불 속으로 뛰어들었지. 이에 뒤질세라 도적놈이 따라붙었지만, 소매 끝에 스치지도 못한 모양이야. 난 그저 하염없이 그 광경을 바라만 보고 있었어. 헛것을 보듯 말이야.

　　도적놈은 내 처가 달아나자 칼과 화살을 챙겨 들더니 밧줄 한 귀퉁이를 끊어줬어. "이번엔 내가 죽게 생겼군." ― 난 그놈이 덤불 밖으로 모습을 감출 때 이렇게 혼잣말했던 걸 기억해. 그리곤 정적만이 흘렀지. 참, 어디선가 사람 우는 소리가 들리긴 했어. 난 묶여있던 끈을 풀며 쫑긋하고 귀를 세웠어. 그런데 정신을 차리고 보니 그 울음소리는 내 소리가 아니겠어?(세 번째 긴 침묵)

　　난 가까스로 피로에 찌든 몸을 일으켜 나무에서 떨어졌어. 그런 내 앞에는 아내가 떨어뜨리고 간 칼이 빛나고 있었고. 난 그걸 집어 들자마자 단숨에 가슴팍에 꽂았어. 뭔가 피비린내 나는 응어리가 입 밖으로 치밀어 올랐지. 그래도 전혀 괴롭지는 않았어. 가슴팍이 서늘해지자 온통 정적만이 흐를 뿐. 실로 적막함이란 이런 것인가. 그늘진 산자락 덤불 속 하늘에는 작은 새 한 마리의 지저귐도 들리지 않아. 그저 삼나무와 대나무 가지 끝으로 쓸쓸한 햇살만 가득하지. 햇살이 ― 그조차 서서히 사그라지면. 더는 삼나무랑 대나무도 보이질 않아. 난 거기 쓰러진 채로 깊은 적막에 둘러싸여 있지.

　　바로 그때 누군가 살금살금 나한테 다가왔어. 누군지 보려 해도 어느새 어둠이 내리깔려 누군지 ― 누군지 모를 그자가 보이지 않는 손으로 내 가슴에 꽂혀 있던 칼을 뽑았어. 그와 동시에 입 밖으로 또다시 피가 뿜어져 나왔지. 그리고 난 영원히 저세상 어둠 속으로 가라앉았고……

광석차(トロッコ)

　　오다와라小田原와 이타미熱海 사이에 경편 철도를 놓는 공사가 시작된 건 료헤이良平가 여덟 살이 되던 해였다. 료헤이는 거의 하루도 빠짐없이 부설 공사를 보러 동구 밖으로 나갔다. 공사를 ─ 사실 공사라고 해도 광석차로 흙을 나르는 정도 ─ 그것이 고작인 공사를 보는 재미로 매일같이 마을 어귀로 나간 것이다.

　　광석차 위에는 토목 공사판 인부 두 사람이 흙더미를 앞에 두고 서 있다. 그 차는 산에서 내려오니까 달리 사람이 손쓸 필요도 없이 내달린다. 차체가 바람에 요동치기도 하고 인부가 걸친 한텐神天 옷자락이 펄럭거리기도 하고 좁은 선로가 휘기도 하고 ─ 료헤이는 이런 광경을 바라보면 공사장 인부가 되고 싶어진다. 단 한 번이라도 좋으니 그들과 함께 광석차를 타보고 싶다. 광석차는 마을을 지나 평지에 다다르면 저절로 멈춘다. 그러면 일꾼들은 광석차에서 훌쩍 뛰어내리기 바쁘게 싣고 온 흙을 선로 끝자락에 들이붓는다. 그다음은 광석차를 밀고 밀어 본래 그것이 있던 자리로 되돌려 놓는다. 이 순간 료헤이는 자신을 태워주지 않아도 좋으니 차를 미는 것만이라도 시켜줬으면 하고 바란다.

어느 저물녘 ─ 2월 초순 무렵에 일어난 일이다. 료헤이는 두 살 어린 남동생이랑 동생 친구와 함께 광석차가 세워져 있는 마을 어귀로 나섰다. 광석차는 온통 진흙투성이가 된 채로 어슴푸레 어둠 한가운데 늘어서 있다. 그런데 차만 있고 일꾼들의 모습이 보이질 않는다. 이때다 싶어 세 아이는 조심조심 끝자락에 서 있는 광석차 하나를 밀었다. 그런데 셋이 힘을 합치자 떼구루루 차바퀴가 돌아간다. 그 소리를 들은 료헤이는 순간 오싹해졌다. 그러나 두 번째 바퀴 소리는 더는 그를 놀라게 하지 않았다. 대굴대굴 ─ 이 소리와 함께 광석차는 세 아이의 손에 떠밀려서 서서히 선로를 거슬러 올라간다.

그로부터 얼추 열 칸 정도 올라가니 선로의 경사가 가팔라진다. 아무리 셋이 힘을 써도 광석차는 꿈쩍도 하지 않는다. 까딱하다가는 차와 함께 도로 내리닫게 생겼다. 충분히 즐겼다고 생각한 료헤이는 동생들에게 눈짓을 보낸다.

"그럼, 이제 돌아가자!"

동시에 손을 뗀 그들은 광석차 위로 뛰어올랐다. 서서히 움직이던 차는 금세 기세 좋게 선로를 내달린다. 그러자 주위 풍경이 마치 막다른 길이 순식간에 양쪽으로 쫙 갈라지듯 시원스레 펼쳐진다. 얼굴에 와 닿는 어스름 저녁 바람, 발밑을 간지럽히는 광석차의 요동 ─ 료헤이는 하늘을 날아오를 듯 기뻤다.

그러나 그도 잠시 광석차는 이미 제자리로 돌아와 멈춰 섰다.

"그럼, 다시 한번 밀어볼까."

료헤이는 동생들과 함께 또다시 광석차를 밀기 시작한다. 그러나 채 차바퀴가 돌아가기도 전에 그들 뒤로 사람의 발소리가 들리더니 고함이 날아든다.

"이 녀석들! 누가 함부로 차에 손을 대라 했어?"

뒤돌아보니 낡은 시루시반텐印神天에 철 지난 밀짚모자를 눌러 쓴 제법 키가 큰 인부 한 사람이 떡 버티고 서 있다. ― 그 모습을 본 료헤이는 이미 동생들과 대여섯 걸음 도망치고 있었다. ― 그날 이후 료헤이는 심부름 길에 광석차가 인기척 없는 공사장에 홀로 서 있는 걸 봐도 두 번 다시 올라타려 들지 않았다. 지금도 료헤이의 머릿속 어딘가에는 그때 일꾼의 모습이 선명하게 남아있다. 어스름 달빛 아래 어렴풋이 보이는 작은 황색 밀짚모자 ― 그러나 지금에 와서는 그 기억조차 희미하다.

그런 일이 있었는데도, 그로부터 열흘이 지난 어느 날 오후, 료헤이는 또다시 공사장 주변을 어슬렁거리며 광석차가 다가오는 걸 바라보고 있다. 홀로 그러고 있자니 흙을 가득 실은 차 말고도 선로 아래에 까는 침목을 실은 차가 한 대 더 올라온다. 본선으로 이어질 굵은 선로를 타고 말이다. 이 광석차를 밀고 있는 사람은 둘 다 젊은 남자다. 료헤이는 그들이 말 붙이기 쉬운 상대라는 걸 단박에 알아챘다. '이들이라면 나를 혼내지 않을 거야.' ― 이렇게 생각한 료헤이는 광석차 쪽으로 뛰어갔다.

"아저씨 도와드릴까요?"

그러자 그들 중 한 사람 ― 줄무늬 셔츠를 입고 있는 남자가 고개를 숙인 채 광석차를 밀면서 예상했던 대로 시원스레 대답한다.

"그래줄래?"

그들 사이에 끼어든 료헤이는 있는 힘껏 광석차를 밀기 시작했다.

"이 녀석, 힘이 꽤 센대."

이번엔 다른 사람 ─ 귀에 엽궐련을 꽂은 남자가 료헤이를 칭찬한다.

그러는 사이 선로의 경사는 점점 완만해졌다. '이제 그만 밀어도 돼.' 료헤이는 아저씨들이 자기한테 이렇게 말할까 봐 내심 조마조마하다. 하지만 젊은 일꾼들은 아까부터 허리를 곧추세운 채 묵묵히 차만 민다. 조바심이 난 료헤이는 더는 참지 못하고 조심스레 이렇게 묻는다.

"저, 계속 밀어도 될까요?"

"그럼, 되고말고."

그들은 합창하듯 동시에 대답했다. 료헤이는 '좋은 사람들이다.' 하고 생각했다.

대여섯 마을을 지나자 선로는 다시 비탈길로 접어들었다. 양쪽 밀감밭으로 누런 열매가 한가득 펼쳐져 있다.

'역시, 오르막길이 좋아. 계속 밀어도 되니까.' ─ 료헤이는 이런 생각을 하면서 온몸으로 광석차를 밀었다.

밀감밭 사이로 오르막에 다다르자 선로가 갑자기 기울기 시작한다. 줄무늬 셔츠를 입은 남자가 료헤이에게 "어이, 올라타."란다. 말이 떨어지자마자 료헤이는 훌쩍 뛰어올랐다. 이들 셋을 실은 광석차는 밀감 향기를 가르면서 미끄러져만 간다. '차는 미는 것보다 타는 게 더 좋군.' ─ 료헤이는 하오리羽織 옷에 한가득 바람을 싣고선 두말할 필요도 없이 당연한 생각을 했다. '가는 길에 차를 밀어야

32

할 곳이 많으면 돌아갈 때 올라탈 곳도 많겠지.' — 이런 생각도 하면서.

대나무 숲이 우거진 곳에 다다르자 광석차는 조용히 달리기를 멈춘다. 세 사람은 또다시 무거운 차를 밀기 시작한다. 대나무 숲은 어느새 이름 모를 나무숲으로 바뀌었다. 완만한 비탈길은 붉게 녹슨 선로가 보일 듯 말 듯 낙엽 더미에 묻힌 곳도 있다. 그 길에 가까스로 올라섰더니 이번엔 높은 벼랑 너머로 을씨년스러운 망망대해가 펼쳐진다. 그 순간, 료헤이는 '너무 멀리 와 버렸구나.' 하는 생각에 정신이 번쩍 들었다.

세 사람은 또다시 광석차에 올라탔다. 차는 바다를 오른쪽으로 끼고 이름 모를 나뭇가지 아래를 내달린다. 그러나 료헤이는 전혀 즐겁지 않다. '이제 그만 돌아가면 좋겠는데.' — 마음속으로는 계속 이런 생각을 하면서. 물론 료헤이는 목적지까지 가야지 광석차도 그도 집으로 돌아갈 수 있다는 사실을 누구보다 잘 알고 있다.

그로부터 광석차가 멈춰 선 곳은 뒤편으로 무너져 내린 산이 보이는 초가지붕 찻집 앞에서였다. 찻집으로 들어간 일꾼들은 젖먹이를 둘러업은 여주인과 떠들면서 유유히 차를 마시기 시작한다. 홀로 남겨진 료헤이는 불안감에 휩싸여 광석차 주변을 빙빙 돈다. 차체를 떠받치는 단단한 판자는 튀어든 진흙으로 엉망이다.

얼마간 그러고 있자니 귀에 엽궐련을 건 남자가 찻집에서 나와 광석차 옆에서 서성대는 료헤이한테 신문지로 돌돌 말은 막과자를 내민다. 그리고 보니 지금은 담배도 보이질 않는다. 료헤이는 퉁명스럽게 '고마워요.' 한다. 그러나 다음 순간 쌀쌀맞게 굴면 상대의 성의를 무시하는 거라고 마음을 고쳐먹는다. 그는 냉담했던 자신을 만회

할 요량으로 종이에 싼 과자 하나를 입으로 가져간다. 과자에는 신문지 석유 냄새가 배어 있다.

이제 세 사람은 광석차를 밀면서 완만한 경사를 오르고 있다. 료헤이는 손으로 차를 밀면서도 마음은 다른 데 가 있다.

고갯길을 넘자 또 찻집이 나왔다. 인부들이 그 집으로 들어간 뒤, 료헤이는 광석차에 걸터앉아 오로지 집으로 돌아갈 궁리만 하고 있었다. 찻집 앞마당에는 꽃이 핀 매화나무 너머로 석양이 지고 있다. '금방 해가 저물겠어.' — 이런 생각이 들자 료헤이는 멍하니 앉아 있을 수만은 없었다. 광석차 바퀴를 걷어차기도 하고 혼자 힘으로는 어찌할 수 없다는 걸 알면서도 끙끙 밀어보기도 하고 — 그러면서 불안감을 달래고 있었다.

그러나 정작 찻집 밖으로 나온 일꾼들은 광석차 위에 실려 있는 침목에 손을 뻗더니 아무렇지도 않게 이렇게 말한다.

"넌 이제 돌아가. 우린 오늘 여기서 묵어야 하니까."

"너무 늦으면 집에서 걱정할 거 아냐."

순간 료헤이는 머릿속이 허예졌다. 이제 곧 어두워질 거라는 사실, 오늘 여기가 작년 말 엄마와 함께 다녀온 이와무라^{岩村}보다 서너 배 더 멀다는 사실, 그런 길을 지금 나 홀로 걸어서 돌아가야 한다는 사실 — 이런 전후 사정이 한꺼번에 몰려왔기 때문이다. 료헤이는 울기 일보 직전이다. 그러나 울어도 소용없는 일이라고 생각했다. 지금 울고 있을 때가 아니다. 그는 젊은 두 인부에게 마음에도 없는 인사를 건네고는 선로를 따라서 냅다 뛰기 시작했다.

그렇게 얼마간 료헤이는 정신없이 뛰었다. 그 사이 품속 과자 꾸러미가 뛰는 데 방해가 되어 길바닥에 던져버렸다. 버리는 김에 신고 있던 판자 조각을 덧댄 조리草履도 벗어던졌다. 그러자 얇은 다비足袋 발뒤꿈치로 조약돌이 파고든다. 그러나 발은 훨씬 가벼워졌다. 그는 왼편으로 바다를 느끼면서 가파른 언덕길을 뛰어올랐다. 어쩌다 눈물이 차오를 때면 저절로 얼굴이 일그러진다. ― 눈물은 참을 수 있지만, 코는 아무리 참아도 연방 훌쩍거린다.

대숲을 빠져나오자 노을 진 히가네야마日金山 하늘로 저녁놀이 사그라진다. 료헤이는 제정신이 아니다. 가는 길과 오는 길이 달라서일까 풍경이 다른 것도 영 불안하다. 그러자 이번에는 입고 있던 하오리마저 길바닥에 벗어던졌다. 죽기 살기로 달린 까닭에 기모노着物가 땀범벅이 되었다는 데까지 생각이 미쳐서다.

밀감밭에 이를 즈음 주위는 온통 어둠뿐이다. '살아서 돌아갈 수만 있다면……' 료헤이는 이런 생각을 하면서 고꾸라지듯 비틀거리면서도 쉬지 않고 달렸다.

그렇게 얼마나 달렸을까. 저 멀리 어둠 사이로 마을 어귀 공사장이 보인다. 참고 참았던 울음이 터져 나오려 한다. 그러나 그 순간에도 료헤이는 울고 싶은 걸 가까스로 참으며 계속 달렸다.

마을에 들어선 료헤이 양쪽으로 집들이 서로 마주 보며 불빛을 비추고 있다. 그는 이 불빛을 보자 자기 머리에서 땀방울이 치솟는 걸 느꼈다. 우물가에서 물 긷는 아낙네나 밭에서 돌아오는 남정네들이 헐레벌떡 달려오는 료헤이를 보고 "애야, 무슨 일이니?" 하고 물어도 아무런 대꾸도 없이 잡화점이랑 이발소 따위가 밝게 늘어선 가게 앞을 지나쳐간다.

그렇게 집 앞에 다다랐을 때, 료헤이는 그동안 꾹꾹 눌러왔던

광석차(トロッコ)

울음을 한꺼번에 토해냈다. 그 울음소리에 놀라 아버지와 어머니가 달려 나온다. 그중에서도 어머니는 놀란 가슴을 쓸어안듯 뭐라 알아들을 수 없는 말로 료헤이를 끌어안으려 한다. 그러나 료헤이는 발버둥 치며 서러운 듯 흐느껴 울기만 한다. 그 소리가 너무 세찼던지 이웃 아낙네 서너 명이 어두침침한 문간으로 몰려들었다. 료헤이를 둘러싼 모두가 그에게 우는 까닭을 묻는다. 그러나 료헤이는 소리 내어 울어대는 것 말고는 아무것도 할 수가 없었다. 그 먼 길을 혼자서 뛰어서 돌아올 때 느꼈던 불안감을 생각하면 지금의 울부짖음은 아무것도 아니다⋯⋯.

료헤이가 스물여섯이 되던 해, 그는 아내와 함께 도쿄東京로 나왔다. 지금은 어느 잡지사 이층에서 교정을 맡아서 보고 있다. 그러다 문득 아무 이유도 없이 그때의 자신을 떠올리는 때가 있다. 아무런 이유도 없이? — 복잡한 세상살이에 지친 료헤이 앞에는 지금도 그때와 다름없이 어두컴컴한 덤불 숲이랑 나무판 선로가 한 줄기 이어졌다 끊어졌다 저 멀리 놓여 있다⋯⋯.

김 장군(金將軍)

어느 여름날, 삿갓을 눌러쓴 승려 두 사람이 조선 평안남도 용강군 동우리의 시골길을 걷고 있었다. 사실 이들은 단순한 탁발승이 아니다. 저 멀리 일본에서 조선을 둘러보러 온 히고肥後의 가토 기요마사加藤淸正와 셋쓰摂津의 영주 고니시 유키나가小西行長였다.

이 두 사람은 주위를 두리번거리면서 푸릇푸릇 논두렁길을 걷고 있었다. 그때 갑자기 길가에 농부의 자식으로 보이는 아이 하나가 둥그런 돌을 베개 삼아 새근새근 잠들어 있는 모습이 눈에 들어왔다. 가토 기요마사는 삿갓 아래로 그 어린아이를 지긋이 바라보았다.

"요 녀석, 참 이상하기도 하구나."

도깨비 대장이라 불린 기요마사는 말이 채 끝나기도 전에 베개 돌을 냅다 걷어찼다. 그런데 그 아이의 머리가 땅에 떨어지기는커녕 돌이 놓여 있던 허공을 베개로 삼아 꿈쩍도 하지 않고 잠들어 있는 게 아닌가!

"요것 봐라. 이 녀석 보통내기가 아닌걸."

순간 기요마사는 감색으로 물들인 법의 속에 숨겨둔 계도戒刀 칼자루를 꽉 움켜쥐었다. 일본에 화가 되는 물건은 애초에 싹을 잘라버려야 한다고 생각한 까닭이다. 그러나 유키나가는 호탕하게 웃어넘기며 칼자루를 잡은 기요마사의 손을 막아서고 나섰다.

"이 녀석이 뭘 할 수 있겠어? 함부로 살생하면 못 써."

그 둘은 다시 푸릇한 논두렁길에 올랐다. 다만, 호랑이 수염이 무성한 도깨비 대장만큼은 불안한 마음을 숨길 수 없는지 힐끔힐끔 그 아이를 돌아다보았다…….

그로부터 30년이 지난 어느 날, 그때 두 사람의 중 ― 가토 기요마사와 고니시 유키나가는 구름떼처럼 많은 병사를 거닐고 조선 팔도로 쳐들어왔다. 가옥이 불탄 팔도의 백성들은, 부모는 자식을 잃고 남편은 처를 빼앗겨서는 이리저리 도망치기 바빴다. 경성은 함락된 지 오래다. 평양도 더는 왕토가 아니다. 선조는 간신히 의주로 몸을 피해서 명나라의 지원군을 애타게 기다리고 있다. 만약 이대로 아무런 손도 쓰지 않고 왜군倭軍이 짓밟는 것만 지켜봤다면, 아름다운 팔도강산도 삽시간에 허허벌판이 되었을 거다. 그러나 다행히도 하늘은 조선을 버리지 않았다. 그 옛날 푸릇한 논두렁에서 기적을 일으켰던 한 사람의 어린아이 ― 김응서가 나라를 구했다.

김응서는 의주에 있는 통군정으로 달려가 수척해진 선조의 용안을 알현했다.

"소인이 당도했으니 이제 더는 아무 걱정 마시옵소서."

선조는 슬픈 듯 옅은 미소를 지었다.

"듣자 하니 왜 나라 장군은 귀신보다 강하다더군. 만약 무찌를 수 있다면 장군의 목을 먼저 베어오너라."

왜 나라 장군 가운데 한 사람 — 고니시 유키나가는 평양에 온 이래로 대동관 기생 계월향을 어여삐 여겼다. 계월향은 8천 명 기생 중에서도 단연 돋보이는 미인이었다. 그러나 나라를 걱정하는 마음은 매일같이 머리 위에 해당화를 꽂듯 단 하루도 잊어본 적이 없다. 그녀의 맑고 아름다운 눈동자는 미소를 짓고 있는 동안에도 기다란 속눈썹 아래로 슬픈 빛을 드리우고 있었다.

　어느 겨울밤, 유키나가는 계월향의 술잔을 받으며 그녀의 오라비 되는 자와 함께 잔치를 벌이고 있었다. 그 남자 또한 피부색이 하얗고 풍채가 좋았다. 계월향은 여느 때보다 더 교태를 부려가며 언제 준비했는지 수면제가 녹아든 술잔을 들이밀면서 쉴 새 없이 유키나가에게 술을 권했다.

　그렇게 얼마간 술잔이 오가던 끝에 계월향과 그녀의 오라비는 술에 취해서 쓰러진 유키나가를 남겨두고 어디론가 사라졌다. 녹황색 장막 사이로 비장의 보검을 드러낸 채 아무것도 모르고 잠들어 있는 유키나가의 모습이 보인다. 이런 광경이 연출된 데는 유키나가가 방심한 탓만은 아니다. 휘장은 방울로 둘러쳐져 있다. 그 누구라도 이 장막에 들어올라치면 그것을 둘러싼 방울이 순식간에 요란한 소리를 내서 유키나가는 잠에서 깨어나고 말 것이다. 유키나가는 그저 계월향이 방울이 울리지 않도록 구멍 사이로 솜을 채워 넣은 사실을 까맣게 모른 채 잠들어 있을 뿐이다.

　계월향과 그녀의 오라비는 조금 전에 그들이 있던 자리로 되돌아왔다. 오늘 밤 자수로 새겨진 그녀의 치맛자락은 부뚜막에서 가져온 재로 한가득하다. 그녀의 오라비도 — 아니, 그녀의 오라비가 아니다. 왕명을 받든 김응서는 소매를 둘둘 말아 걷어붙인 손에 청

김 장군(金將軍)

룡도를 높이 쳐들고는 한 차례 휘둘러본다. 그들은 조용히 유키나가가 있는 장막으로 다가서려 하였다. 그런데 유키나가의 보검이 저절로 칼집에서 빠져나오더니 마치 날개라도 돋친 듯 김 장군 쪽으로 날아들었다. 그래도 김 장군은 눈 하나 꿈쩍 않고 곧바로 그 보검을 향해 한 입에 모은 침을 퉤 하고 내뱉었다. 보검은 침과 섞이자 순식간에 신통력을 잃었는지 툭 하고 마루 위로 떨어져 버린다.

김응서는 사납게 으르렁거리며 청용도를 한 차례 휘둘러 유키나가의 목을 쳐서 떨어뜨렸다. 그러나 이 무시무시한 왜나라 장군의 목은 몹시 분한 듯 이를 악물며 그것이 본래 있던 곳으로 돌아가려 애쓴다. 이 괴이한 광경을 목격한 계월향은 곧바로 치맛자락으로 손을 뻗어 잘린 유키나가의 목을 향해 재를 몇 움큼 뿌려댔다. 목은 여러 번 뛰어올랐지만, 재투성이 잘린 목으로는 아무리 해도 자리를 잡을 수 없었다.

그 와중에도 목 없는 유키나가의 몸통은 손을 더듬어 보검을 집으려 들더니 어찌어찌 검을 김 장군 쪽으로 날렸다. 엉겁결에 놀란 김 장군은 계월향을 옆구리에 끼고 대들보 위로 뛰어올랐다. 그러나 유키나가가 던진 칼날은 공중으로 날아오르던 김 장군의 발가락을 잘라 떨어뜨렸다.

동트기 전, 맡은바 왕명을 완수한 김 장군은 계월향을 등에 업고 인적 없는 들판을 달리고 있었다. 저 멀리 끝자락에는 달이 지기 전 밝음이 언덕 너머 어둠 속으로 사라지려는 참이다. 그 순간 김 장군은 계월향 뱃속에 아이가 있다는 사실을 떠올렸다. 왜나라 장군의 씨는 독사와 같은 존재다. 지금 이 자리에서 죽이지 않으면 장차 어떤 화를 당할지 아무도 모른다. 이렇게 생각한 김 장군은 30년 전

기요마사가 그랬던 것처럼 계월향과 뱃속의 아이를 죽여야만 한다고 마음을 다잡았다.

예나 지금이나 영웅이라는 자는 감상주의를 발로 짓밟는 괴물들이다. 김 장군은 조금의 망설임도 없이 계월향을 죽이고는 뱃속에서 아이를 끄집어냈다. 사그라지기 일보 직전의 달빛에 비친 그 아이는 제대로 형태도 갖추지 못했다. 그런데 그 핏덩어리가 몸을 부르르 떨더니 사람 행세를 하며 큰소리로 외치는 것이 아닌가.

"네 이놈, 석 달만 더 버티면 아비의 원수를 갚을 수 있는데!"

목소리는 마치 물소가 울부짖듯 어둑어둑한 들판 한가운데로 울려 퍼져나갔다. 그와 동시에 한줄기 남은 달빛도 순식간에 언덕 너머 어둠 속으로 사그라졌다…….

지금까지 얘기는 조선에서 예부터 전해 내려오는 고니시 유키나가의 최후에 관한 이야기다. 물론 유키나가는 조선 임진년에 일어난 정한의 역征韓の役이 한창일 때는 죽지 않았다. 그러나 역사를 꾸며내는 일은 조선에서만 일어나는 건 아니다. 일본에서도 어린이에게 가르치는 역사는 ― 혹은 어린아이와 별반 다를 바 없는 일본 남자에게 가르치는 역사는 꾸며낸 전설로 가득하다. 예컨대 일본 역사 교과서는 단 한 번도 이런 식의 패전 기사를 실은 적이 없지 않은가?

당나라 장수, 전함 1백 70척을 끌고 백촌강白村江(조선 충청도 서천舒川)에 진을 치다. 무신년戊申(덴치천황天智天皇 2년) 가을 8월 27일 일본 수군, 처음으로 당나라 수군과 싸우다. 일본군 불리하여 후퇴하다. 기유년己酉 28일…… 일본군 대열 더욱 흐트러져서 본진의 병졸 이끌고 나아가 당나라 군사를 치다. 당나라군 즉시 좌우에서 배를

김 장군(金將軍)

몰고 와 싸우다. 수유須臾에 불과한 시간에 황군 대패하다. 물에 빠져 익사한 자 많다. 뱃머리를 돌릴 수 없다.

–『일본서기日本書紀』

그 어떤 나라의 역사도 해당 국민에게는 영광스러운 역사다. 김 장군의 전설만 일소에 부칠 일은 아니다.

모모타로(桃太郎)

하나

옛날 아주 먼 옛날에 어느 깊은 산골짜기에 커다란 복숭아나무가 한 그루 있었다. 이 나무의 크기는 그냥 커다랗다는 말로는 부족하다. 가지는 구름 위로 뻗어 있고 뿌리는 땅끝 황천길까지 닿는다. 천지가 개벽할 때, 이자나기노미코토伊弉諾の尊가 요모쓰히라사카黃泉津平阪 언덕에서 번개 여덟 개를 물리치기 위해 돌팔매질했다는 복숭아 — 신화에 나오는 열매가 바로 이 나뭇가지에서 나왔다.

이 나무는 하늘이 열린 이래, 만년에 한번 꽃을 피우고 만년에 한번 열매를 맺었다. 꽃은 진홍빛 꽃받침에 황금빛 꽃송이를 주렁주렁 달고 있다. 열매는 — 두말할 필요도 없이 열매도 크다. 그 열매가 이상한 것은 씨앗 대신에 아름다운 갓난아기를 한 명씩 품속에 품고 있다는 점이다.

옛날 아주 먼 옛날에 이 나무는 산골짜기를 뒤덮은 가지에 얼기설기 열매를 흐트러뜨린 채 조용히 햇볕을 쬐고 있었다. 만년에 한 번 결실을 보는 열매는 천 년 동안 땅으로 떨어지지 않는다. 그러던 어느 스산한 날 아침, 운명은 한 마리의 야타가라스八咫鴉가 되어 가지 위로 불쑥 날아들었다. 전설의 까마귀는 그곳에 내려앉자마자 이제 막 붉은 기운이 돌기 시작한 작은 열매 하나를 쪼아서 떨어뜨렸다. 열매는 구름과 안개로 자욱한 저 아래 계곡으로 떨어졌다. 당연히 그 물줄기는 산봉우리와 봉우리 사이로 허연 물안개를 흩뿌리며 인간 세상으로 흘러들었다.

과연 어떤 인간이 깊은 산골짜기를 떠난 이 갓난아기를 품은 열매를 거둬들였을까? — 여기서 새삼스레 이야기를 꺼낼 필요는 없겠지. 일본에 사는 어린이라면 누구나 알고 있듯이 계곡 끝자락에는 어느 할머니가 혼자서 땔감을 찾으러 길을 나선 할아버지의 빨랫감을 주무르고 있었다…….

둘

복숭아에서 태어난 모모타로는 오니가시마鬼が島 정벌을 꿈꿨다. 어째서 그렇게 마음먹게 되었냐 하면, 할아버지랑 할머니처럼 강으로 산으로 들일 하러 나서는 것이 싫어서였다. 처음 얘기를 들은 노인 부부는 철부지 아이가 마냥 귀엽기만 한 터라, 모모타로의 명령을 받들 듯 당장 밖으로 뛰어나가 깃발이며 큰 칼이며 갑옷 위에 걸쳐 입는 진바오리陣羽織 등 출정 준비에 필요한 물건을 죄다 갖다 바쳤다. 어디 그뿐인가. 모모타로가 주문한 대로 전투 중에 먹을 식량으로 수수경단까지 손에 쥐어서 보냈다.

모모타로는 기세가 등등해져 오니가시마 정벌에 나섰다. 그때 커다란 들개 한 마리가 나타나 굶주린 눈빛으로 이렇게 말을 걸었다.

"모모타로 님. 모모타로 님. 허리에 찬 건 무엇이옵니까?"

"이걸로 말할 것 같으면, 일본 제일의 수수경단이니라."

모모타로는 자랑스러운 듯 대답하였다. 사실 그것이 일본 제일인지 아닌지 여간 의심스러운 게 아니다. 그러나 개는 그러거나 말거나 수수경단이라는 말을 듣자 바로 모모타로 옆으로 바싹 붙었다.

"하나만 주세요. 같이 좀 갑시다."

모모타로는 곧바로 머리를 굴렸다.

"통째로 줄 수는 없어. 반만 줄게."

개는 그렇게 얼마간 고집스럽게 '하나만 주세요.' 하며 졸라댔다. 그러나 모모타로는 '반만 줄게.'를 철회하지 않았다. 이렇게 되면 모든 거래가 그러하듯 없는 자는 있는 자의 뜻에 따르기 마련이다. 결국 개는 한숨을 푹 내쉬더니 수수경단 반쪽을 받는 대신 모모타로를 따르기로 하였다.

모모타로는 개 이외에도 수수경단 반쪽으로 원숭이랑 꿩을 부하로 삼았다. 그러나 유감스럽게도 서로 사이가 좋지 않았다. 튼튼한 어금니를 가진 개는 눈치만 살피는 원숭이를 바보로 본다. 수수경단에 관한 한 셈이 빠른 원숭이는 고상한 척하는 꿩을 바보로 여긴다. 지진학에도 정통한 꿩은 머리가 둔한 개를 바보 취급한다. ― 이렇게 서로 보기만 하면 으르렁거리니 그들을 부하로 둔 모모타로는 고생이 이만저만 아니다.

심지어 원숭이는 배만 부르면 바로 불만을 털어놓기까지 한다. '아무래도 수수경단 반쪽으로는 오니가시마 정벌을 다시 생각해봐야겠다.'라면서. 그러자 개는 사납게 짖어대더니 원숭이를 물어 죽이려고 냅다 달려들었다. 만약 꿩이 말리지 않았다면, 원숭이는 개의

원수 갚음을 기다릴 것도 없이 그때 이미 죽었을 거다. 이들 사이에 끼어 꿩은 한편으로 개를 달래면서 또 한편으로는 원숭이에게 주종의 도덕을 가르치며 모모타로의 명령에 따르라고 타일렀다. 그러나 원숭이는 이미 길거리 나무 위로 개의 습격을 피한 터라 꿩의 말을 쉽게 받아들이지 않았다. 그런 원숭이를 이해시킨 게 바로 모모타로의 수완이었다. 모모타로는 원숭이를 올려다보면서 해 모양의 붉은 동그라미 문양의 히노마루日の丸가 그려진 부채로 바람을 일으키면서 누구 들으라는 듯이 싸늘하면서도 단호하게 말하였다.

"그래, 같이 가지 않아도 돼. 대신에 오니가시마를 정벌했을 때 보물은 단 하나도 나눠줄 수 없어."

욕심 많은 원숭이는 눈이 동그래졌다.

"보물? 저, 잠깐만요. 오니가시마에 보물이 있단 말입니까?"

"있고말고. 네가 원하는 물건은 뭐든지 내주는 도깨비방망이도 있는걸."

"그럼, 그 도깨비방망이로, 그걸 흔들기만 하면, 갖고 싶은 건 모두 손에 넣을 수 있는 거네요. 거참, 솔깃한데요. 저도 꼭 데려가주세요."

이리하여 모모타로는 일행과 함께 오니가시마 정벌 길에 다시 오를 수 있게 되었다.

셋

오니가시마는 외딴섬이다. 그러나 세상에 알려진 것처럼 온통 바위산으로 뒤덮인 것만은 아니다. 높다란 야자나무에 극락조가 지저귀는 아름다운 천연 낙원이었다. 이런 곳에서 삶을 영위하는 도깨비는 물론 평화를 사랑하였다. 어쩌면 도깨비란 존재는 우리 인간보다 더 향락을 즐기는 종족일지도 모른다. 혹부리 영감에 나오는 도깨비는 밤새도록 춤만 춘다. 난쟁이 법사一寸法師에 나오는 도깨비 또한 일신의 위험을 돌보지 않고 참배에 나선 아가씨한테 반한 모양이다. 남들이 말하듯 오에야마大江山의 슈텐동자酒顚童子나 라쇼몬羅生門의 이바라기동자茨木童子는 희대의 악인일지도 모르지. 그러나 이바라기동자는 우리가 긴자銀座 거리를 사랑하듯 주작대로朱雀大路를 너무나 사랑한 나머지 아주 가끔 라쇼몬으로 살짝 모습을 드러낸 게 아닐까? 슈텐동자 역시 오에야마 바위굴에서 술만 퍼마시고 있었던 게 분명하다. 여인을 빼앗았다는 이야기는 ─ 사실 여부를 잠시 접어두자면 여인의 증언에 지나지 않는다. 그런 걸 죄다 진실로 받아들인다면 ─ 나는 지난 20년 동안 그 옛날 라이코賴光나 사천왕四天王은 적든 많든 간에 광기를 띤 여성 숭배자가 아닐까? 하는 의문에 빠져있었다.

도깨비는 열대에 둘러싸여 거문고를 켜면서 춤을 추기도 하고 고대 시인의 노래를 읊기도 하면서 꽤 평화롭게 한평생을 보낸다. 도깨비의 아내와 딸 또한 베를 짜기도 하고 술을 담그기도 하면서 우리 인간의 처자식과 조금도 다를 바 없이 지낸다. 어떨 때는 난으로 꽃다발까지 만든다. 그중에서도 이제는 머리카락이 허옇게 센 어금니가 빠진 할머니 도깨비는 늘 손주를 보듬어 안고는 무서운 인간 이야기를 들려주곤 한다.

"나쁜 짓 하면 너희들도 인간이 사는 섬으로 보내 버릴 거야. 인간섬으로 보내진 도깨비는 그 옛날 슈텐동자처럼 반드시 죽임을 당하고 말 테니. 뭐라고, 어떻게 생겼냐고? 인간은 뿔도 돋아나지 않은 희멀건 얼굴과 손발을 한, 말로는 표현할 수 없을 만큼 기분 나쁜 존재야. 인간 여자는 또 어떻고. 그 희멀건 얼굴과 손발에 납덩이 가루를 잔뜩 처바르고 온다니까. 그 정도면 어떻게 봐주겠는데, 남자고 여자고 너나 할 것 없이 거짓말을 밥 먹듯이 하고 욕심도 많고 질투도 부리고 그래. 어디 그뿐인가. 잘난 체하지, 서로를 죽이지, 불도 내고 여차하면 도둑질도 마다하지 않아. 구제불능의 짐승인 셈이지……."

넷

모모타로는 이런 식으로 죄 없는 도깨비한테 건국 이래 전해 내려온 공포심을 덮어씌웠다. 도깨비는 쇠몽둥이도 잊은 채 '인간이 왔다!'라고 외치며 하늘 높은 줄 모르고 우뚝 솟아 있는 야자나무 사이로 이리저리 도망친다.

"진격! 진격! 도깨비란 도깨비는 보이는 대로 죄다 죽여 버려라!"

모모타로는 복숭아 깃발을 한 손에 들고 히노마루 부채로 바람을 일으키며 개와 원숭이, 그리고 꿩에게 호령하였다. 이들 세 마리는 서로 사이가 좋지 않은 부하였을지는 모르나 굶주린 동물만큼 용감무쌍한 병졸은 없다. 그들은 마치 몰아치는 폭풍처럼 도망치는 도깨비를 정신없이 뒤쫓았다. 개는 한입에 젊은 도깨비를 물어 죽였다. 꿩도 날카로운 부리로 도깨비 아이를 쪼아 죽였다. 원숭이 또한 — 원숭이는 우리 인간과 친척뻘 되는 만큼 처녀 도깨비를 목 졸라 죽이기 전에 욕을 보이는 것을 잊지 않았다…….

이 모든 죄악이 저질러지고 나서야 도깨비 추장은 간신히 목숨을 건진 몇몇 도깨비와 함께 모모타로 앞에 무릎을 꿇었다. 모모타로의 기세는 하늘을 찌를 듯하였다. 오니가시마는 이제 더는 극락조가 지저귀는 낙원이 아니다. 야자나무숲은 온통 도깨비 사체로 뒤덮였다. 모모타로는 여전히 한 손에 깃발을 든 채로 부하 세 마리를 거느리고는, 왜납거미처럼 납작 엎드려 굽실거리는 도깨비 추장에게 위엄을 갖추어 이렇게 선고하였다.

"내 너희들을 불쌍히 여겨 살려는 주겠다. 대신에 오니가시마의 보물은 하나도 남김없이 내게 바치는 거다!"

"예. 그렇게 하겠사옵니다."

"그리고 아이들도 내게 인질로 바치는 게다."

"그 역시 따르겠사옵니다."

도깨비 추장은 다시 한번 이마를 땅에 조아리더니 모모타로에게 조심스럽게 묻는다.

"우리가 당신들에게 무언가 실례를 범해서 정벌을 당한 줄로 압니다. 그러나 저를 비롯한 오니가시마 도깨비는 무슨 잘못을 저질렀는지 도무지 알 수가 없습니다. 그러니 우리의 잘못을 알려주실 수는 없으신지요?"

모모타로는 알았다는 듯 조용히 머리를 끄덕였다.

"일본 제일의 모모타로는 개, 원숭이, 꿩 세 마리의 충성스러운 부하를 거느린 고로 오니가시마를 정벌하러 온 거야."

"그렇다면, 그들 세 분을 부하로 삼은 까닭은 무엇입니까?"

"그건 처음부터 오니가시마를 정벌하고 싶었으니 수수경단을 줘서 부하로 삼은 거지. — 어떠냐? 이제 알아듣겠느냐? 그래도 내 말을 못 알아들으면 모두 죽여 버릴 테다!"

도깨비 추장은 놀란 듯 몇 걸음 뒤로 물러서더니 다시금 머리를 조아리며 정중히 예를 올렸다.

다섯

일본 제일의 모모타로는 개, 원숭이, 꿩 세 마리와 인질로 잡은 도깨비 아이들이 끄는 보물 차를 몰고는 기세가 등등해져서 개선을 알리며 고향으로 돌아왔다. — 여기까지 이야기는 일본에 사는 모든 아이가 익히 들어서 잘 알고 있는 내용이다. 그렇다고 해서 모모타로가 일생을 행복하게 보낸 것만은 아니다. 도깨비 아이가 어엿한 장정으로 자라자 파수꾼 꿩을 물어 죽이고는 그 길로 오니가시마로 도망쳐 버렸다. 게다가 오니가시마에 살아남은 도깨비는 호시탐탐 바다를 건너와 모모타로의 저택에 불을 놓기도 하고 잠든 모모타로의 목을 베려고 들었다. 원숭이를 죽인 자가 사람을 잘못 보고 죽였다는 소문도 돌았다. 모모타로는 이런 불행이 겹칠 때마다 깊은 한숨을 내쉴 수밖에 없었다.

"정말이지, 도깨비란 녀석의 집념에는 당해내질 못하겠어."

"목숨 살려준 주인님의 하늘과도 같은 은혜를 저버리다니 괘씸하기 짝이 없습니다."

개도 모모타로의 심기 불편한 얼굴을 보자 분한 듯 이렇게 으르렁거렸다.

그러는 사이에도 한적한 오니가시마 해변에는 아름다운 열대의 달빛에 비친 젊은 도깨비 대여섯 마리가 오니가시마의 독립을 도모하고자 야자나무 열매에 폭탄을 집어넣고 있었다. 마음씨 좋은 처녀 도깨비에게 마음을 주는 일조차 잊어버린 걸까, 묵묵히 그러나 즐거운 듯 찻잔만 한 눈동자를 회번덕거리면서…….

여섯

오늘날 인간의 발길이 닿지 않는 깊은 산중에 구름안개를 제치고 나온 복숭아나무는 그 옛날처럼 여기저기 무수히 많은 열매를 맺고 있다. 물론 모모타로를 품고 있던 열매는 산골짜기 물길을 따라 떠내려간 지 이미 오래다. 그러나 미래에 태어날 천재 몇몇은 아직도 그 열매 가운데 잠들어 있다. 그 옛날 날아들었던 커다란 야타가라스는 이번에는 언제 이 나뭇가지 끝에 모습을 드러내려나? 아아, 몇 명인지 알 수 없는 미래의 천재는 아직 이들 열매 속에 잠들어 있다…….

모모타로(桃太郎)

인사(お時儀)

야스키치(保吉)는 이제 막 서른이 되었다. 게다가 글을 팔아서 먹고사는 대부분의 다른 작가들과 마찬가지로 정신없이 바쁜 일상을 보내고 있다. 따라서 다가올 '내일'은 생각할지언정 지나간 '어제'에 대해서는 좀처럼 생각하지 않는다. 그러다가도 어쩌다 문득 과거의 한 장면이 선명하게 떠오르는 때가 있다. 지금까지의 경험에 비춰보면, 그런 일은 길거리를 걷거나 원고용지를 마주하거나 혹은 전차를 탈 때 후각이 자극받아서 생기는 것 같다. 사실 자극이라 해도 도회지에 사는 비애라고나 할까 악취라고 불러야 할 냄새가 고작이다. 예컨대 그 누구도 기차 매연 따위 맡고 싶지 않을 거다. 그러나 어느 아가씨에 대한 기억, ― 오륙 년 전에 얼굴을 마주친 적이 있는 어느 아가씨에 대한 기억 같은 건, 예의 매연을 들이마시기만 해도 굴뚝에서 솟구치는 불꽃처럼 순식간에 되살아난다.

그 아가씨를 만난 곳은 어느 피서지의 정거장이다. 아니, 좀 더 정확히 말하자면 어느 정거장의 플랫폼이다. 당시 그곳에 살고 있던 그는 비가 오나 바람이 부나 오전 8시 출발 하행선과 오후 4시 20분 도착 상행선 열차를 오르내리는 걸 일상으로 삼고 있었다. 어째서 매일 기차를 탔냐 하면, — 그런 건 아무래도 상관없다. 그러나 매일 같이 기차를 타다 보면 낯익은 사람이 한 다스 정도는 생기게 마련이다. 아가씨도 그들 중 한 사람이다. 그러나 오후에는 정월 이렛날부터 삼월 이십 며칠 경까지는 단 한 번도 마주친 기억이 없다. 오전에도 아가씨가 타는 기차는 야스키치와는 인연이 먼 상행선이다.

아가씨의 나이는 열여섯, 열일곱 정도로 보인다. 언제나 잿빛 양복에 잿빛 모자를 쓰고 있다. 어쩌면 키는 작은 편인지도 모른다. 그러나 언뜻 보면 훤칠하게 커 보였다. 특히 다리는, — 마찬가지로 잿빛 양말에 굽 높은 구두를 신은 다리는 사슴 다리처럼 가늘었다. 얼굴은 미인이라고 할 정도는 아니다. 그러나, — 야스키치는 동서양을 불문하고 아직껏 근대소설에 등장하는 여주인공 가운데 '그러나'라는 조건이 붙지 않은 미인을 본 적이 없다. 작자가 여성을 묘사할 때면, 으레 '그녀는 미인은 아니다. 그러나……'라는 식으로 말한다. 짐작건대 글자 그대로의 미인을 인정하는 것은 근대인의 체면과 관련이 있는 듯하다. 야스키치가 이 아가씨에게 '그러나'라는 조건을 덧붙이는 것도 그래서다. — 확인차 다시 한번 일러두자면, 얼굴은 미인이라고 할 정도는 아니다. 그러나 살짝 코끝이 올라간, 애교 있어 보이는 둥근 얼굴이다.

아가씨는 분주한 사람들 틈에서 멍하니 서 있을 때가 있다. 때로는 멀찍이 떨어진 벤치 위에서 잡지 따위를 읽는다. 또 어떨 때는 긴 플랫폼 끝자락을 이리저리 거닐기도 한다.

  야스키치는 아가씨를 봐도 연애소설에 나올 법한 설레는 감정을 느낀 적은 없다. 낯익은 해군 사령관이나 매점 고양이를 봤을 때와 마찬가지로 그저 '있구나.' 하는 정도였다. 그러나 어쨌든 낯익은 사람에 대해 친숙함만은 갖고 있었다. 따라서 어쩌다 플랫폼에 아가씨가 나타나지 않으면, 무언가 실망에 가까운 감정을 느꼈다. 무언가 실망에 가까운 감정을, — 그렇다고 해서 절실한 것도 아니다. 사실 야스키치는 매점 고양이의 행방이 이삼일 묘연해졌을 때도 지금과 똑같은 허전함을 느꼈다. 만약 해군 사령관의 급사 소식이 들린다면, — 어쩌면 조금 궁금한 생각이 들지도 모르지. 어쨌든 고양이만은 못할지라도 분명 보통 때와는 다른 감정이 들었을 거다.

  그건 그렇다 치고, 삼월 이십 며칠 경인가, 따뜻한 어느 흐린 날의 일이다. 일을 마친 야스키치는 그날도 오후 4시 20분 상행선에 몸을 실었다. 어렴풋한 기억으로 더듬어보자면, 일일이 대조하는 작업에 지친 탓인지 보통 때와는 달리 기차 안에서 책을 읽지는 않았던 것 같다. 창가에 기대어 산이며 들이며 봄기운이 완연한 바깥 풍경을 하염없이 바라보고 있었다. 언젠가 읽은 영자 소설에서 평지를 달리는 기차 소리는 'Tratata tratata Tratata'로 나타내고, 철교를 건너는 기차 소리는 'Trararach trararach'로 옮긴 것을 본 적이 있다. 과연, 가만히 귀 기울여보니 그렇게 들리는 듯도 하다. — 이런 생각을 했던 기억도 난다.

그렇게 나른한 30분을 보낸 야스키치는 어느 피서지의 정거장에 내렸다. 플랫폼에는 조금 전 도착한 하행선 열차도 서 있다. 사람들 틈에 섞인 그는 자신도 모르게 거기서 내리는 사람들로 시선이 갔다. 그러자 ― 의외로 아가씨가 보인다. 앞서도 썼지만, 야스키치는 오후에는 단 한 번도 이 아가씨와 얼굴을 마주친 적이 없다. 그런데 지금 갑자기 눈앞에 구름 사이를 뚫고 나온 햇살처럼, 꽃망울을 터트린 갯버들과 같은 은빛 모습이 나타난 것이다. 그는 '어.' 하고 놀랐다. 그 순간 아가씨도 야스키치의 얼굴을 본 모양이다. 그와 동시에 야스키치는 그만 아가씨에게 인사를 하고 말았다.

인사를 받은 아가씨는 분명 깜짝 놀랐을 거다. 그러나 어떤 표정을 지었는지 안타깝게도 지금은 기억이 나질 않는다. 아니, 그 순간에 그녀의 표정이 어떠했는지 확인할 여유는 없었을 거다. '이런.' 하고 자신의 실수를 알아채자마자 바로 귓불이 빨개지는 걸 느꼈으니까. 그러나 이것만은 또렷이 기억하고 있다. ― 아가씨도 고개를 까딱하고 인사를 받았다!

간신히 정거장 밖으로 빠져나온 그는 자신의 바보스러움에 화가 났다. 어째서 인사 따위 해버린 걸까? 엉겁결에 나온 인사는 완전 반사적이었다. 번쩍하고 번개가 내리치는 순간 눈을 깜박이는 것과 같은 이치다. 내 의지와는 상관없는 일이다. 그런 행위까지 책임질 필요는 없다. 그래도 아가씨는 어떻게 생각할까? 그러고 보니, 아가씨도 가볍지만, 인사를 했다. 그러나 그건 놀라서 자신도 모르게 반사적으로 나온 행동일지도 모른다. 지금쯤은 야스키치를 꽤 불량

한 청년으로 여기고 있겠지. '이런.' 하고 실수를 알아차렸을 때, 바로 무례했음을 사과했어야만 했다. 그것조차 몰랐다는 건…….

야스키치는 하숙집으로 돌아가지 않고, 인적이 드문 바닷가 모래사장으로 갔다. 그에게는 흔한 일이다. 그는 한 달에 5엔円 하는 셋방과 한 끼 식사에 50전錢 하는 도시락에 세상살이가 귀찮아지면, 늘 이 모래언덕으로 글래스고산産 파이프를 피우러 오곤 했다. 이날도 흐린 바다를 바라보면서 늘 그래왔듯이 파이프에 성냥불을 먼저 갖다 붙였다. 오늘 있었던 일은 이제 되돌릴 수 없다. 그러나 내일이 오면 아가씨를 또 마주칠 텐데. 그때 아가씨는 어떻게 나올까? 그를 불량배라 여긴다면 눈길 한 번 주지 않겠지. 그러나 만약 그렇게 생각하지 않는다면 내일도 오늘처럼 그가 인사를 하면 받아줄지도 모른다. 그가 인사를 하면? 그는 ─ 호리카와 야스키치堀川保吉는 아무 일도 없었다는 듯 또다시 아가씨에게 인사를 할 작정인가? 아니, 그럴 생각은 없다. 그래도 한 번 인사를 나눈 이상, 아가씨도 그도 목인사 정도 나누는 일은 얼마든지 생길 수 있다. 만약 그렇게 된다면, ……야스키치는 문득 아가씨의 눈썹이 예뻤다는 사실을 기억해냈다.

그로부터 칠, 팔 년이 지난 지금, 그때 당시 바다의 고요함만은 이상하리만치 선명하게 기억난다. 야스키치는 그런 바다를 앞에 두고 언제까지고 멍하니 불 꺼진 파이프를 물고 있었다. 물론 아가씨만 생각했던 건 아니다. 가까운 시일 내에 써야 할 소설도 떠올랐다. 그 소설의 주인공은 혁명 정신이 불타오르는 어느 영어 교사다. 의

지가 굳기로 유명한 그의 목은 그 어떤 위엄에도 굴하는 법이 없다. 그러나 딱 한 번 그도 잘 모르는 어느 아가씨에게 어쩌다 인사를 하고 만다. 어쩌면 아가씨는 키가 작은 편인지도 모른다. 그러나 언뜻 보면 훤칠하게 커 보였다. 특히 은빛 양말에 굽 높은 구두를 신은 다리는 ─ 어쩌면 저절로 아가씨 쪽으로 생각이 흐른 게 사실일지도 모르겠다…….

　　다음 날 아침 8시 5분 전이다. 야스키치는 사람으로 붐비는 플랫폼을 걷고 있다. 그는 아가씨와 마주칠 기대로 가슴이 벅차올랐다. 물론 한편으로는 그냥 지나쳤으면 하는 마음이 전혀 없는 것도 아니지만, 그것은 본심이 아니다. 지금 그의 심정을 말할 것 같으면 강적과 시합을 앞둔 권투선수와 다를 바가 없다. 그러나 지금도 잊히지 않는 건, 아가씨와 얼굴을 마주 대했을 때 무언가 상식에서 벗어난 멍청한 짓을 저지르지나 않을까 하는 이상하리만치 병적인 불안감이다. 그 옛날 장 리슈팽은 지나가는 사라 베르나르에게 제멋대로 입을 맞췄다. 일본인으로 태어난 야스키치로서 설마 입이야 맞추겠냐마는 불쑥 혀를 내민다거나 눈을 까뒤집어 보인다거나 하는 짓은 충분히 가능하다. 그는 조마조마한 마음으로 찾는 둥 마는 둥 주위를 둘러본다.

　　바로 다음 순간 야스키치의 눈은 유유히 걸어오는 아가씨의 모습을 발견한다. 그는 숙명을 받아들이듯 정면을 향해 걸어 나간다. 두 사람은 순식간에 가까워진다. 열 걸음, 다섯 걸음, 세 걸음, ─ 지금 아가씨는 그의 눈앞에 서 있다. 야스키치는 머리를 꼿꼿이 세운 자세로 아가씨의 얼굴을 똑바로 바라본다. 아가씨도 그의 얼굴을 지긋이 바라본다. 그 둘은 얼굴을 마주 보다가 그냥 지나치려 한다.

바로 그 찰나였다. 일순간 그는 아가씨한테서 무언가 동요의 눈빛을 읽었다. 그러자 거의 반사적으로 인사를 하고 싶은 충동이 온몸에서 일어났다. 그러나 이 충동은 말 그대도 순식간에 벌어진 사건이다. 아가씨는 이미 흠칫 놀란 그를 뒤로하고 조용히 지나쳐간 뒤였다. 구름 사이를 뚫고 나온 햇살처럼, 꽃망울을 터트린 갯버들처럼……

그로부터 20분쯤 지나 야스키치는 흔들리는 기차에 몸을 신고선 글래스고산 파이프를 입에 물고 있다. 아가씨는 눈썹만 아름다운 게 아니었다. 검은 눈동자가 돋보이는 서글서글 시원한 눈을 가졌다. 귀엽게 살짝 위를 향한 코도, ……이런 생각을 하는 게 연애일까? — 이 물음에 그가 어떻게 답했는지 그 역시 생각나지 않는다. 지금에 와서 야스키치가 기억하고 있는 건 오직 하나 언젠가 그를 엄습했던 아련한 우울함뿐이다. 그는 파이프에서 피어오르는 한 줄기 연기를 지켜보면서 얼마간 이 우울함 속에서 줄곧 아가씨만 떠올렸다. 기차는 그러는 사이에도 한쪽으로 아침햇살을 받은 산골짜기를 달리고 있다.
'Tratata tratata tratata trararach'

갓파(河童)

아무쪼록 Kappa라고 발음해주세요.

일러두기

이 이야기는 정신병원에 입원한 어느 환자 — 제23호 환자가 아무나 보면 붙잡고 떠들어대는 말이다. 나이는 서른이 족히 넘어 보인다. 그러나 얼핏 봐서는 활기가 과도하게 넘치는 게 그냥 딱 미치광이다. 그가 겪은 반평생의 경험은 — 아니, 그런 건 아무래도 상관없다. 그는 아까부터 쭉 두 무릎을 모아 곧추세운 자세로 때때로 창밖으로 시선을 던지기도 하면서(철제 격자 너머 창밖에는 떡갈나무 한 그루가, 금방이라도 눈이 내릴 것 같은 흐린 하늘을 향해 잎사귀 하나 없는 앙상한 가지를 뻗치고 있다.) 병원장 S 박사와 나를 상대로 이런 저런 몸짓을 곁들여가면서 주저리주저리 이야기를 늘어놓고 있다. 가령 '놀랐다.'라고 말할 때는 갑자기 얼굴을 확 뒤로 젖힌다…….

나는 이 남자의 이야기를 꽤 정확하게 옮겼다고 생각한다. 혹시 내 필기가 미심쩍다면 도쿄 시외 ××촌 S 정신병원을 찾아가서

직접 확인해도 좋다. 실제 나이로는 젊은 축에 속하는 제23호는 우선 정중하게 머리를 조아리고는 이불도 없는 의자를 가리키겠지. 이어 우울한 미소를 지으면서 조용히 이야기를 꺼낼 거다. 마지막으로 ― 지금도 얘기를 마친 그의 얼굴빛이 기억난다. 마지막으로 그는 몸을 일으키자마자 느닷없이 주먹을 휘두르면서 아무나 붙잡고 이렇게 외쳐댈 거다. ― '꺼져버려! 이 악당 놈아! 그래봤자 너 역시 멍청하고, 질투심 많은, 외설스럽기 그지없는, 뻔뻔한, 자만심으로 똘똘 뭉친, 잔혹한, 염치없는 동물에 불과해. 사라져버려! 이 악당 같으니!'

하나

지금으로부터 삼 년 전 여름에 생긴 일입니다. 저는 남들 다 하는 대로 배낭을 짊어지고 저 유명한 가미코치^{上高地} 온천장에서 출발하여 호타카^{穗高}로 오르려 했습니다. 아시다시피 산에 오르는 길은 아즈사가와^{梓川}를 거슬러 올라가는 길밖에 없습니다. 저는 일찍이 호타카산은 물론 야리가타케^{槍ヶ岳}도 오른 적이 있기에, 아침 안개 자욱한 아즈사가와 산골짜기를 안내자도 없이 홀로 오르기 시작했습니다. 안개가 잔뜩 낀 아즈사가와 골짜기를 ― 그런데 아무리 기다려도 안개는 걷힐 기미가 안 보입니다. 그러기는커녕 오히려 더 짙어질 뿐입니다. 한 시간가량 걸은 저는 그냥 가미코치 온천장으로 되돌아갈까 고민도 했습니다. 그러나 돌아가는 것도 일단은 안개가 걷혀야 가능한 일입니다. 그러는 사이에도 안개는 점점 더 짙어만 갑니다. '그냥 올라가야겠군.' ― 이렇게 마음먹은 저는 아즈사가와 골짜기를 벗어나지 않도록 조심하면서 얼룩조릿대를 헤치며 걸었습니다.

그렇게 얼마간 걷고 있었는데, 이번에는 짙은 안개가 온통 눈앞을 가로막고 나섰습니다. 그렇다고 해서 가끔 아름드리 밤나무나 전나무 가지가 푸릇한 잎사귀를 언뜻언뜻 비추지 않은 건 아닙니다. 때로는 누가 풀어놓았는지 말이나 소가 불쑥 얼굴을 들이밀기도 했으니까요. 그러나 그도 잠깐 홀연히 자욱한 안개 속으로 사라지고 마는 겁니다. 그러는 사이 다리도 무거워지고 배고 고파왔습니다. — 한술 더 떠서 등산복이랑 담요가 안개에 젖어 그 무게 또한 이만저만한 게 아닙니다. 사태가 이러하니 고집을 꺾을 수밖에요. 바위 사이로 고인 물소리를 의지 삼아 아즈사가와 골짜기를 내려가기로 마음을 고쳐먹었습니다.

그 전에 물가 바위틈에 앉아 음식을 먹기로 했습니다. 쇠고기 통조림 뚜껑을 따기도 하고 마른 나뭇가지를 주워서 불을 피우기도 하면서 — 그럭저럭 10분 정도 지났을까요. 심술궂은 안개가 서서히 걷히는 게 아니겠습니까. 저는 빵을 뜯으며 손목시계를 힐끗 쳐다봤습니다. 놀랍게도 벌써 시각이 1시 20분이 지나있었어요. 그러나 그보다 더 놀란 건 무언가 불길한 얼굴 하나가, 둥근 손목시계 유리 위로 언뜻 그림자를 드리운 것이었습니다. 놀란 저는 뒤를 돌아봤습니다. 그러자 — 사실 저는 이때 갓파河童를 처음 봤어요. 제 뒤편으로 바위 위에는 그림에서 본 갓파 한 마리가, 한 손엔 자작나무 줄기를 끌어안고 또 한 손으로는 햇빛을 가리면서 신기한 듯 저를 내려다보고 있었습니다.

너무 놀란 저는 잠시 그대로 얼어붙어 있었습니다. 갓파 역시 놀랐는지 햇빛을 가린 손이 꼼짝도 하지 않습니다. 이를 본 저는 바위 위 갓파 쪽으로 뛰어 올라갔습니다. 그러자 갓파 또한 도망치려고 합니다. 아니, 분명 달아났습니다. 사실을 말하자면 획 하고 몸을 돌렸는가 싶었는데 순식간에 눈앞에서 사라지고 말았거든요. 다급해진 저는 조릿대 숲을 이리저리 뒤졌습니다. 그러자 갓파는 2, 3미터 떨어진 건너편에서 당장이라도 도망칠 기세로 절 돌아보고 있잖아요. 사실 이건 딱히 신기할 것도 뭣도 아닙니다. 제가 이상하다고 생각한 건 갓파의 몸 색깔이니까요. 바위 위에서 저를 쳐다보고 있던 갓파는 분명 몸 전체가 잿빛을 띠고 있었습니다. 그런데 지금 눈앞에 있는 저놈은 녹색으로 확 변하지 않았겠습니까. 저는 '이런, 젠장!' 하고 큰소리로 외치면서 갓파를 향해 냅다 뛰었습니다. 다시 달리기 시작한 저를 보고 갓파가 달아난 건 두말할 필요도 없겠지요. 그로부터 30분가량 얼룩조릿대 사이를 뚫고 나가 바위를 뛰어넘어 정신없이 갓파의 뒤를 쫓았습니다.

갓파의 발 빠름은 결코 원숭이 따위에 뒤지지 않습니다. 정신없이 뒤쫓는 사이에도 몇 번이고 눈앞에서 놓칠 뻔했으니까요. 어디 그뿐이겠습니까. 미끄러져 넘어지기를 여러 번. 다행히도 아름드리 칠엽수 하나가 튼실한 가지를 드리운 곳에서 방목한 소 한 마리가 나타나 갓파의 앞을 막아서고 나섰습니다. 게다가 그 소는 힘깨나 쓸 것 같은 굵직한 뿔에 잔뜩 충혈된 눈을 가진 황소였습니다. 그 황소를 본 갓파는 비명을 지르면서 키 큰 조릿대 숲으로 공중제비 넘듯이 훌쩍 뛰어들었습니다. 저는 — 저 또한 '이런, 망할!' 하면서 앞뒤 잴 것도 없이 바로 따라붙었습니다. 그런데 거기에 구멍이 있었던 모양입니다. 미끄덩한 갓파 등에 겨우 내 손이 닿았는가 싶었는데 느닷없이 깊은 어둠 속으로 곤두박질치고 말았으니까요. 그러나 우리 인간은 이런 위험천만한 상황에서도 전혀 엉뚱한 일을 떠올리는 존재입니다. '어!' 하고 놀라는 순간에도 전 가미코치 온천장 쪽에 '갓파교'라는 다리가 있다는 걸 생각해냈으니까요. 그리고는 — 그다음 일은 잘 생각이 나질 않습니다. 눈앞에 번개 같은 게 내리쳤나 하고 느낀 순간 바로 정신을 잃고 말았습니다.

둘

겨우 정신을 차리고 보니, 하늘을 향해 쓰러진 채 갓파 무리에 둘러싸여 있었습니다. 두툼한 주둥이 위 콧등에 안경을 눌러쓴 갓파 한 마리는 무릎을 꿇고 제 가슴에 청진기를 대고 있었고요. 옆에서 절 살피던 그 갓파는 제가 눈을 뜬 것을 확인하자, 저에게 '쉿!' 하며 아무 말 하지 말라는 손짓을 보내더니 뒤편 갓파에게 'Quax quax' 하고 이릅니다. 그러자 어디선가 갓파 두서넛 마리가 들것을 들고 나타났습니다. 전 이 들것에 실려 갓파 무리로부터 조용히 빠져나갔습니다. 양옆으로 늘어선 거리는 긴자銀座 대로변과 조금도 다를 바가 없습니다. 긴자와 마찬가지로 밤나무 그늘 아래 이런저런 가게들이 차양을 드리우고 있었고, 그 가로수 사잇길로 자동차 여러 대가 달리고 있었으니까요.

이윽고 좁다란 골목길에 들어섰나 싶더니, 어느 집 앞에 절 태운 들것을 내려놓습니다. 나중에 안 사실이지만 그곳은 아까 코안경을 쓴 갓파네 집 — 책이라는 의사 집이었습니다. 책은 절 작지만 깨끗한 침대 위에서 잠을 청할 수 있게 도와주었습니다. 뭔지 모를 투명한 물약도 한 컵 먹였고요. 전 침대에 누운 채 책이 하는 대로 그냥 받기만 했습니다. 사실 저는 움직이기조차 어려울 정도로 몸 마디마디가 쑤시고 아팠습니다.

책은 하루에 두세 번은 꼭 절 진찰하러 왔습니다. 그리고 삼일에 한 번꼴로 내가 처음 본 갓파 — 백이라는 어부도 절 보러 찾아왔습니다. 갓파는 우리 인간이 갓파에 대해 알고 있는 것보다 훨씬 더 많이 인간에 대해 알고 있었어요. 인간이 포획한 갓파보다 갓파가 잡은 인간이 더 많기 때문이겠지요. 우리 인간이 사로잡힌 건 아니지만 여러 번 갓파 나라에 들어왔던 게지요. 어디 그뿐입니까. 한평생 갓파 나라에서 산 자도 여럿입니다. 왜일까요? 여기서는 우리가 인간이라는 특권 덕에 몸을 움직이지 않고도 음식을 먹을 수 있어서입니다. 백의 말로는 도로를 공사하던 어느 젊은 일꾼은, 저처럼 우연히 이 나라에 발을 들여놓은 다음 암컷 갓파를 아내로 맞아들여 죽을 때까지 여기서 살았다고 하니까요. 그와 결혼한 암컷 갓파는 이 나라 제일의 미인인데다 남편인 도로공사 노동자를 속여 넘기는 일에도 이상하리만치 능란했다는군요.

그로부터 일주일 지난 어느 날, 저는 이 나라의 법률에 따라 '특별 보호주민' 자격으로 책의 이웃집에 살게 되었습니다. 제가 살게 된 집은 작지만 비교적 세련된 곳이었습니다. 이 나라의 문명은 우리 인간 세상의 문명 — 적어도 일본의 문명과 별반 차이가 없습니다. 거리에 인접한 응접실 한 귀퉁이에는 작은 피아노가 한 대 놓여 있었는데, 벽에는 액자에 짜 넣은 에칭Etching같은 것도 걸려 있었으니까요. 다만, 한 가지 불편한 점이 있다면 중요한 인사의 집이나 보통 집이나, 테이블이랑 의자의 치수가 모두 갓파의 신장에 맞춰져 있어서, 마치 어린아이 방에 들어가는 느낌이 든다는 겁니다.

전 해 질 무렵이 되면, 늘 이 방에 책과 백을 불러들여 갓파 나라의 말을 배웠습니다. 아니, 그들뿐만이 아닙니다. 특별 보호주민이었던 저는 모두의 호기심의 대상이었기에 매일같이 혈압을 재러 오기도 했는데, 일부러 책을 불러들인 게엘이라는 유리회사 사장 또한 이 방에 얼굴을 내비쳤습니다. 그러나 처음 반 달 동안 저와 가장 친하게 지낸 이는 역시 어부 백이었어요.

아직 따뜻한 기운이 남아있는 어느 저물녘의 일입니다. 전 이 방 테이블을 사이에 두고 어부 백과 이야기를 나누고 있었습니다. 그런데 어찌 된 영문인지 백이 갑자기 입을 다물더니 가뜩이나 큰 눈을 더 크게 치켜뜨고는 지긋이 저를 바라보는 게 아니겠습니까. 당연히 이상하게 생각한 전 'Quax, Bag, quo quel quan?'이라고 물었습니다. 이 말을 일본어로 옮기면 '백, 왜 그래?'입니다. 그런데도 백은 아무런 대답이 없습니다. 그러자 이번에는 뜬금없이 자리를 박차고 일어서더니, 메롱 하고 혀를 내밀기도 하고 마치 개구리라도 되는 양 당장이라도 뛰어오를 기셉니다. 왠지 불길해진 저는 더는 참지 못하고 슬며시 자리에서 일어나 한걸음에 문간으로 달아나려 했습니다. 다행히도 바로 그때 의사 책이 들어왔습니다.

"이런, 백, 뭐 하는 짓이야?"

책은 코안경을 눌러쓴 채 이렇게 외치며 백을 노려봤습니다. 그러자 백은 겁을 먹었는지 여러 번이고 손을 머리로 가져가면서 책에게 이렇게 비는 것이었습니다.

"정말 죄송합니다. 사실은 이 양반이 무서워하는 게 재밌어서 나도 모르게 그만 장난을 좀 쳤습니다. 부디 어르신도 용서해주세요."

셋

여기서 잠시 갓파라는 존재에 대한 설명이 필요하겠지요. 갓파는 실재하는지 아닌지조차 확실치 않은 동물입니다. 그러나 제가 그들과 함께 살았던 이상 조금도 의심할 여지는 없겠지요. 그렇다면 갓파는 어떤 동물인가. 짧은 머리털은 물론이거니와 손과 발에 물갈퀴가 달린 것이 『수호고략水虎考略』과 같은 책에서 나오는 수호와 별반 다르지 않습니다. 신장은 대략 1미터 넘을까 말까. 체중은 의사인 책의 말로는 20파운드에서 30파운드 사이 — 개중에는 드문 경우지만 50파운드나 나가는 거대 갓파도 있다더군요. 머리 한가운데는 타원형 접시처럼 생긴 물건이 달려 있는데, 나이가 들면 들수록 점점 딱딱해지는 모양입니다. 실제로 나이 든 백의 접시는 젊은 책의 그것과 만졌을 때 느낌이 전혀 달라요. 그중에서도 가장 신기한 건 피부색일 겁니다. 갓파는 우리 인간처럼 피부색이 일정하지 않아요. 그것이 뭐가 됐든 주변 색과 똑같이 바뀌고 마는 — 가령 풀숲에 있으면 풀처럼 초록색으로 변하고, 바위 위에 있으면 바위처럼 잿빛으로 변하는 겁니다. 물론 이런 변화가 갓파한테만 일어나는 건 아닙니다. 카멜레온도 그렇죠. 어쩌면 갓파는 피부조직 상 카멜레온에 가까운지도 모르겠어요. 이런 사실을 알게 된 전, 문득 서쪽 나라 갓파는 초록색이고 동북쪽의 그것은 붉다는 민속학 기록이 떠올랐습니다. 백이 제 뒤를 쫓다가 돌연 어디론가 사라진 것도 왜 그런지 알겠더군요. 그리고 또 있어요. 갓파는 피부 아래 상당히 두툼한 지방층이 있는지 땅속 온도가 꽤 낮음에도(평균 화씨 50도 전후입니다.) 천 쪼가리 같은 것 하나 걸치지 않아요. 물론 갓파 또한 안경도 쓰고 엽궐련 갑을 몸에 지니고 다녀요. 돈지갑도 있고요. 그래도 갓파는 캥거

루처럼 배에 주머니가 있어서 이런 잡다한 것들을 거기에 넣어둬도 되니까 그다지 불편하진 않아요. 단 한 가지 제가 이상하다고 생각한 건, 허리 아랫도리를 가리지 않는다는 겁니다. 어느 날 백한테 갓파에게 왜 이런 관습이 생겼는지 물었더니, 백은 몸을 뒤로 젖힌 채 껄껄 웃기만 합니다. 그러더니 '난 네가 가리고 다니는 게 더 우스워.' 하지 뭡니까.

넷

저는 서서히 갓파가 일상에서 쓰는 말을 익혀갔습니다. 그러면서 갓파의 풍속이나 관습도 이해하게 되었지요. 그중에서 가장 신기했던 건, 갓파가 우리 인간이 당연시하는 건 이상하게 생각하고 반대로 인간에게 이상한 건 상식으로 여기는 — 우리와 앞뒤가 뒤바뀐 관습이었습니다. 예를 들어 우리 인간은 정의正義라든가 인도人道라든가 사람으로서 마땅히 지켜야 할 도리를 중요시하지만, 갓파는 그런 얘기를 들으면 배를 틀어잡고 웃어요. 다시 말해서 그들에게 골계滑稽는 우리의 그것과 전혀 표준을 달리하는 것이란 말입니다. 어느 날 전 의사 책과 산아제한에 관해서 이야기를 나누고 있었어요. 그러자 책은 커다란 입을 쩍 벌려가면서 코안경이 떨어질 정도로 웃어대기 시작했습니다. 물론 화가 난 저는 '뭐가 그리 우스워?' 하고 따져 물었습니다. 그때 책의 대답은 대충 이랬다고 기억합니다. 물론 자세히는 잘 모를 수도 있어요. 당시 제가 갓파의 말을 완벽히 이해하고 있었던 건 아니니까요.

"부모 입장만 생각하는 건 좀 우습지 않아? 너무 일방적이라고나 할까."

반대로 인간으로 보면 갓파 나라의 출산만큼 이상한 건 없을 거예요. 실제로 제가 여기서 생활한 지 얼마 지나지 않아 백이 사는 오두막으로 아이가 나오는 모습을 보러 간 적이 있거든요. 출산 장면은 갓파도 인간과 똑같아요. 의사나 산파의 도움으로 아이를 낳아요. 그런데 정작 아이가 나오려 하면, 아버지 되는 쪽이 마치 전화라도 거는 것처럼 어미의 생식기에 입을 갖다 대고 '애야, 네가 이 세상에 나올지 말지 잘 생각해보고 대답하거라.' 하고 큰소리로 묻는 겁니다. 백도 남들과 다를 바 없이 무릎을 꿇고는 그렇게 여러 번 되물었습니다. 그리고는 테이블 위에 놓여 있던 소독용 물약으로 입가심했어요. 그러자 부인 뱃속 아이가 미안했는지 작은 목소리로 이렇게 대답합니다.

"전 세상 밖으로 나가고 싶지 않아요. 제 아버지의 정신병이 유전되면 큰일이니까요. 게다가 전 갓파라는 존재를 좋게 보지 않아요."

이런 대답을 들은 백은 겸연쩍은 듯 머리를 긁적이고 있었습니다. 그런데 그 자리에 함께 있던 산파가 느닷없이 부인의 생식기에 굵은 유리관을 집어넣더니 무언가 액체를 주사하지 않겠습니까. 부인은 그제야 안심했다는 듯 휴 하고 한숨을 내쉽니다. 그러자 지금까지 부풀어 있던 불룩한 배가 마치 수소가스를 뺀 풍선 모양으로 폭삭 꺼져버렸어요.

출산이 이 정도니까 갓파 아이가 태어나자마자 걷거나 말할 수 있다는 건 놀랄 일도 아니죠. 책의 말에 의하면 태어난 지 26일째 되는 날에 신神의 유무에 대해 강연한 아이도 있었다네요. 물론 그 아이는 2개월째 접어들어 죽었다고 합니다만.

출산 애기가 나온 김에, 제가 이 나라에 온 지 3개월이 지났을 즈음, 어느 길모퉁이에서 우연히 발견한 커다란 포스터에 대해 말해 보겠습니다. 그 포스터에는 나팔을 불거나 검을 들고 있는 갓파 열두 서너 마리가 그려져 있었어요. 그리고 갓파가 사용하는 시계태엽을 똑 닮은 나선형 문자가 한 면 가득 늘어서 있었지요. 이 문자를 번역하면 대개 이런 뜻입니다. 이 역시 세부적으로는 틀린 곳이 있을지도 모릅니다. 그러나 저와 함께 걷고 있던 랩이라는 갓파 학생이 큰소리로 읽어준 말을 일일이 노트에 적어둔 것이니만큼 저로서는 최선을 다했다고 생각합니다.

　　유전적 의용대를 모집한다.
　　건전한 남녀 갓파여!
　　나쁜 유전을 박멸하기 위하여
　　불건전한 남녀 갓파와 결혼하자!

　　저는 그때 랩에게 저런 일은 결코 일어날 수 없는 일이라고 말해두는 걸 잊지 않았어요. 그러자 랩뿐만 아니라 포스터 근처에 모여 있던 갓파가 죄다 껄껄 웃어대지 뭡니까.

　　"있을 수 없는 일이라고요? 당신 애기는 사람들이 우리와 같지 않다는 말이군요. 그럼, 높은 집 자제가 하녀에게 반한다거나 아씨가 운전사에게 홀딱 넘어가는 일은 왜 벌어지는 겁니까? 그건 모두 무의식적으로 악성 유전자를 박멸하는 겁니다. 얼마 전 당신네 인간 세상에서 모집한 의용대만 해도 ― 철도길 하나 빼앗자고 죽고 죽이는 그 의용대 말이에요. ― 그런 의용대에 비하면 우리 의용대가 훨씬 고상한 거 아닙니까?"

랩은 정색하며 말은 이렇게 하지만, 불룩한 배는 이상하게도 씰룩거립니다. 그러나 전 따라 웃을 수 없었습니다. 제 옆에 있던 갓파 한 마리가 제가 방심한 틈을 타 제 만년필을 훔치려 드는 걸 눈치채고는 붙잡으려던 참이었거든요. 하지만 피부가 미끄러운 갓파는 좀처럼 손에 잡히질 않았어요. 그 갓파 역시 미끄덩하고 제 손에서 빠져나가자마자 부리나케 도망치고 말았어요. 금방이라도 쓰러질 듯 모기처럼 앙상한 몸을 앞으로 기울이면서.

다섯

전 이 랩이라는 갓파에게 백 못지않은 신세를 졌어요. 특히 가장 기억에 남는 건 톡이라는 갓파를 소개받은 일입니다. 톡은 갓파 무리 중 시인입니다. 시인이 머리카락을 길게 늘어뜨린 건 우리 인간과 별반 다르지 않아요. 심심할 때면 전 가끔 톡네 집에 놀러 가곤 했습니다. 톡은 늘 비좁은 방에 고산대 식물 화분을 늘어놓고는, 시를 쓰기도 하고 담배를 피우기도 하면서 너무나도 평화로운 삶을 영위하고 있었습니다. 그 방 한 귀퉁이에는 암컷 갓파 한 마리가(톡은 자유연애주의자라서 따로 부인을 두지 않았거든요.) 뜨개질 같은 걸 하고 있었습니다. 톡은 제 얼굴을 보면 언제나 미소 지으며 이렇게 말하곤 했습니다.(하긴 갓파가 미소 짓는 건 그리 보기 좋은 모습은 아녜요. 웃는 얼굴을 처음 봤을 때는 오히려 기분이 나쁠 정도였으니까요.)

톡은 곧잘 갓파의 생활이나 예술에 대해 이러쿵저러쿵 말했습니다. 그가 믿는 바에 의하면, 갓파에게 있어 평범한 나날을 보내는 것만큼 어리석은 삶은 없습니다. 부모지간, 부부지간, 형제지간은 죄다 서로 괴롭히는 걸 유일한 낙으로 삼는 관계인 셈이죠. 특히 가족 제도는 어리석은 걸 넘어 한심하기 그지없는 것입니다. 어느 날에는 손가락으로 창밖을 가리키며 '저것 좀 봐. 얼마나 멍청한지를!' 하며 한숨 쉬듯 말합니다. 창밖 거리에는 아직 젊은 갓파 한 마리가, 그의 부모로 보이는 갓파를 비롯하여 예닐곱 마리의 암컷과 수컷 갓파를 어깨에 잔뜩 매달고는 허덕허덕 힘겨운 발걸음을 옮기고 있었습니다. 그때 그 젊은 갓파의 희생정신에 감동한 전 기특하다며 칭찬을 아끼지 않았습니다.

"참, 넌 이 나라의 시민이 될 자격도 갖고 있지. ……그럼, 혹시 사회주의자?"

당연히 전 'qua'(이 말은 갓파 나라에서 '그래.'라는 뜻입니다.)라고 대답했습니다.

"그럼, 백 명의 보통 사람을 위해 한 사람의 천재를 희생하는 것쯤 대수롭지 않게 생각하겠군."

"그렇게 말하는 넌 무슨 주의잔데? 어디선가 톡 군은 무정부주의를 신봉한다는 말을 들은 것 같기도 하고……."

"누가 그런 소릴 해? 난 초인(직역하면 초갓파입니다.)이란 말이야."

톡은 아주 기세가 등등했어요. 이렇게 말하는 톡은 예술에도 독특한 견해를 갖고 있었습니다. 톡이 믿는 바에 따르면, 예술은 그 어떤 것으로부터도 지배받지 않는 예술을 위한 예술이어야 합니다. 따라서 진정한 예술가는 무엇보다 먼저 선악을 뛰어넘는 초인이어야만 합니다. 그렇다고 해서 이런 생각이 반드시 톡 한 마리만의 생각은 아닙니다. 그의 동료 시인들의 생각은 대개 비슷해 보였으니까요. 전 톡과 함께 종종 초인클럽에 놀러 가기도 했습니다. 초인클럽에 모여든 시인들, 이를테면 소설가, 극작가, 비평가, 화가, 음악가, 조각가들은 예술적인 측면에서 보면 비전문가라고 할 수 있습니다. 그러나 모두 초인이에요. 그들은 늘 전등으로 불 밝힌 살롱에 둘러앉아 쾌활하게 이야기를 나누곤 했답니다. 때로는 당당하게 그들의 초인다움을 과시하기도 하면서요. 가령 조각가 중 한 사람은 커다란 고비 화분 틈으로 젊은 갓파를 밀어 넣고는 한바탕 남색을 즐겼어요. 어떨 때는 테이블 위에 올라선 어느 소설가가 압생트 60병을 혼자서 마시는 걸 본 적도 있어요. 물론 마지막 병을 들이켠 그 갓파는 테이블 아래로 굴러떨어지자마자 급사했지만 말이죠.

달 밝은 어느 날 밤, 저와 시인 톡이 서로 끌어안고 초인클럽에서 돌아오는 길이었습니다. 전에 없이 가라앉은 톡은 말 한마디 하질 않습니다. 그러는 사이 우리는 불빛이 비치는 작은 창문 앞을 지나가게 되었습니다. 창문 너머로 부인처럼 보이는 암컷 갓파 두서너 마리가, 저녁밥을 먹으러 아이와 테이블을 마주하고 앉아 있는 모습이 보였어요. 그 모습을 본 톡은 한숨을 내쉬면서 갑자기 저에게 이런 말을 합니다.

"난 내가 초인적 연애가라 믿지만, 저런 가정을 볼라치면 역시 부러움을 느끼지 않을 수 없어."

"그건 좀 모순적이지 않아?"

그러나 톡은 아무런 대답도 없이 달빛 아래서 팔짱을 긴 채로 작은 창 너머 — 네다섯 갓파가 빙 둘러앉은 평화로운 만찬 테이블을 지긋이 바라봅니다. 그렇게 얼마간 지켜만 보다가 이렇게 대답했어요.

"저기 보이는 달걀부침이 연애 따위와는 비할 바 없이 위생적인 건 분명하니까."

여섯

사실 갓파의 연애는 우리 인간의 그것과 전혀 성격이 다릅니다. 암컷 갓파는 마음에 드는 수컷 갓파를 발견하는 즉시, 수컷을 사로잡는 데 그 어떤 수단도 가리질 않아요. 가장 정직한 암컷은 무턱대고 수컷 갓파를 뒤쫓는 갓파거든요. 흡사 미친 사람처럼 수컷을 쫓는 암컷을 본 적도 있다니까요. 아니, 그냥 미친 정도가 아녜요. 젊은 암컷은 물론이거니와 부모랑 형제까지 동원하여 수컷 잡기에 혈안이 되는 겁니다. 수컷이 안됐죠. 혼비백산 달아나서 운 좋게 사로잡히지 않았다 하더라도 두세 달 병상에 드러눕는 경우가 허다하거든요. 어느 날 전 집에서 톡이 쓴 시집을 읽고 있었는데, 제가 있는 곳으로 아까 말한 랩 학생이 뛰어들었어요. 그러더니 마루 위에 쓰러진 채 헉헉거리며 이렇게 말했습니다.

"큰일이다! 결국 난 포옹을 당하고 말았어!"

저는 읽고 있던 시집을 집어던지고는 잽싸게 문간 자물쇠를 채웠습니다. 그리고는 문구멍으로 바깥 동정을 살폈지요. 문밖에는 얼굴에 유황 가루로 분칠한 키 작은 암컷 갓파 한 마리가 여전히 서성대고 있었습니다. 그날부터 랩은 몇 주간이고 제 침상에 몸져누워 일어나질 못했습니다. 어디 그뿐이겠습니까. 랩의 부리는 완전히 썩어 문드러져 버렸어요.

그렇다고 해서 암컷을 아주 열심히 쫓아다니는 수컷 갓파가 전혀 없는 건 아닙니다. 그러나 자세히 들여다보면, 수컷이 뒤쫓을

갓파(河童)

수밖에 없도록 암컷이 유도하고 있는걸요. 제 눈으로 미치광이처럼 암컷을 쫓는 수컷을 본 적도 있어요. 암컷은 도망치는 와중에도 일부러 발걸음을 멈추기도 하고 네발로 기기도 했어요. 그러다가 적당한 때가 됐다 싶으면, 자못 자포자기라도 하는 듯 손쉽게 사로잡히고 마는 겁니다. 제가 본 수컷 갓파는 암컷을 끌어안고는 잠시 그대로 뒹굴었어요. 그러나 이내 자리를 털고 일어난 그의 얼굴에는, 실망이라고 해야 할지 후회라고 해야 할지 말로는 형용하기 어려운 참으로 딱한 기색이 완연합니다. 그래도 이 경우는 좀 나은 편입니다. 이 역시 제 눈으로 직접 본 건데요. 몸집이 작은 수컷 갓파 한 마리가 암컷을 뒤쫓고 있었습니다. 암컷은 늘 그래왔듯이 유혹하는 듯 도주하고 있었어요. 그런데 건너편에서 커다란 수컷 한 마리가 씩씩거리며 걸어오는 게 아니겠습니까. 무심결에 자기 쪽으로 다가오는 덩치 큰 수컷을 발견한 암컷 갓파는 '큰일 났어요! 살려주세요! 저 갓파가 절 죽이려 해요!'라며 쇳소리로 외쳐대지 뭡니까. 덩치가 눈 깜짝할 사이 작은 갓파를 길 한복판으로 냅다 집어던진 건 안 봐도 뻔하잖아요. 굴복당한 갓파는 물갈퀴 달린 팔을 두세 번 허공을 향해 허우적거리더니 그대로 죽고 말았습니다. 암컷은 그때 이미 히죽거리며 덩치 큰 갓파 목덜미에 찰싹 달라붙어 있었고요.

제가 아는 수컷은 너나 할 것 없이 모두 암컷한테 쫓겼어요. 처자식이 있는 백도 예외는 아니었습니다. 두 번인가 세 번은 사로잡히기도 한걸요. 단 한 번도 잡힌 적이 없는 이는 맥이라는 철학자(이 자는 아까 나온 시인 톡의 이웃입니다.)가 유일합니다. 맥만큼 못생긴 갓파도 드물기 때문이겠지요. 또 다른 이유로는 다른 이들과 달리 맥은, 길거리에 모습을 드러내는 일이 흔치 않고 거의 집 안에 머무는 걸 들 수 있습니다. 저는 이런 맥네 집에도 이야기를 나누러 자주 찾아가곤 했답니다. 맥은 늘 어두침침한 방안에서 일곱 빛깔 유리 랜턴을 밝히고는 키 높은 책상에 앉아 두꺼운 책만 읽어요. 어느 날 전 이런 맥과 갓파의 연애를 주제로 토론했습니다.

"어째서 정부는 암컷 갓파가 수컷을 뒤쫓는 걸 엄중하게 처단하지 않는 겁니까?"

"이유 중 하나는 관리 가운데 암컷의 수가 적기 때문이지요. 암컷은 수컷보다 훨씬 질투심이 강하니까요. 암컷 관리의 수만 늘어도 수컷은 지금처럼 도망치지 않아도 될 텐데 말이죠. 사실 그 효력에 대해서는 이미 잘 알려져 있어요. 잘 생각해보세요. 관리끼리도 암컷 갓파는 수컷을 뒤쫓잖아요."

"그럼, 당신처럼 사는 게 가장 행복하겠네요."

이 소리를 들은 맥은 의자에서 일어서더니, 제 두 손을 붙잡고는 에휴 하고 한숨을 내쉬면서 이렇게 말합니다.

"당신은 우리네 갓파가 아니니까 모르는 게 당연해요. 하지만 저 또한 방법만 있다면 어떻게든 저 무서운 암컷에게 쫓기고 싶거든요."

일곱

갓파 나라에서 전 시인 톡과 함께 음악을 들으러 음악회에 가기도 했습니다. 아직도 제 기억에 남아있는 음악회는 세 번째인데요. 회장 분위기는 일본과 별반 다르지 않아요. 앞으로 갈수록 점점 높아지는 자리에, 암수 갓파 삼사백 마리가 모여앉아 하나같이 손에 프로그램을 들고선 열심히 음악 소리에 귀 기울이고 있었거든요.

갓파(河童)

세 번째로 음악회에 갔을 때, 저는 톡이랑 그의 아내 이외에도 철학자 맥도 함께 가장 앞자리에 앉아 있었습니다. 그런데 첼로 독주가 끝난 직후, 묘하게 가느다란 눈의 갓파 한 마리가 주위도 아랑곳없이 악보를 옆에 끼고는 단상 위로 올라서는 게 아니겠습니까. 그는 프로그램에도 나와 있듯이 그 유명한 크라백이라는 작곡가입니다. 프로그램이 일러주는 대로 — 아니, 프로그램에서 확인할 필요조차 없어요. 크라백은 톡이 속해 있는 초인클럽 회원이니까 저도 얼굴은 익히 알고 있거든요.

　'Lied — Craback'(이 나라의 프로그램이라는 것도 대개는 독일어를 나열한 것이었습니다.)

　크라백은 우레와 같은 박수가 쏟아지는 가운데 우리를 향해 가볍게 고개를 숙이더니 조용히 피아노를 향해 걸어갔습니다. 그리고는 조금 전과 마찬가지로 아무렇지도 않게 자작한 리트Lied를 연주하기 시작했어요. 톡의 말에 따르면 크라백은 이 나라가 낳은 음악가 중 전무후무한 천재라는군요. 전 크라백의 음악은 물론이거니와 그가 취미로 즐기는 서정시에도 흥미를 갖고 있었기에, 커다란 활 모양 피아노 소리에 열심히 귀를 기울이고 있었어요. 저 못지않게 톡이랑 맥 역시 그 광경을 황홀한 듯 넋을 잃고 바라보고 있었고요. 그런데 저 아름다운(적어도 갓파들 눈에는 그렇게 보이는) 암컷 갓파만은 프로그램을 꽉 움켜쥔 채로 초조한 듯 긴 혀를 날름거리고 있잖겠어요. 맥의 말로는 이런 행동은 지금으로부터 대략 10년 전에 크라백을 사로잡으려다 놓친 걸 아직도 눈엣가시로 여기는 것이라나요.

크라백은 마치 무사가 전장에라도 임한 듯 혼신의 힘을 다해 열정적으로 피아노를 치고 있었습니다. 그런데 갑자기 회장 안에서 '연주금지'라는 호통 소리가 울려 퍼졌어요. 그 목소리의 주인은 가장 뒷자리에 있던 유독 키가 커 보이는 순사인 게 분명해요. 내가 뒤돌아봤을 때 순사는 아무렇지도 않은 듯 그 자리에 앉아서는 앞서보다 더 큰 소리로 "연주금지"라고 재차 외치고 있었어요. 그리고는—

이내 대혼란에 빠졌습니다. "경관 횡포!", "크라백은 피아노를 쳐라! 계속 쳐!", "멍청이!", "개새끼!", "머저리!", "절대로 물러서지 마!"—하는 욕설이 난무하는 가운데 의자가 넘어지고 프로그램이 날아다니고, 또 그 와중에 누가 던졌는지 사이다 깡통이랑 돌멩이가 날아들고 그것도 모자라서 먹다 만 오이까지 비처럼 쏟아져 내리는 게 아니겠습니까. 얼이 빠진 전 톡에게 다들 왜 이러는지 물어보려 했어요. 그러나 톡 역시 흥분했는지 의자를 딛고 올라서서는 "크라백은 피아노를 쳐라! 계속 쳐!"를 외쳐대고 있었습니다. 톡과 함께 온 암컷은 또 어떻고요. 어느새 적개심을 풀었는지 "경관 횡포!"를 외치는 모습은 톡과 조금도 다를 바가 없습니다. 전 어쩔 수 없이 맥을 향해 "다들 왜 이래요?" 하고 물었지요.

"왜 그러냐고요? 그건 말이죠. 이 나라에서는 아주 흔한 일이에요. 그림이나 문예는 원래……."

맥은 무언가 날아오면 목을 움츠려 슬쩍 피하면서도 여느 때와 마찬가지로 차분히 설명해주었습니다.

"원래 그림이나 문예는 누가 봐도 그것이 표현하는 것이 무엇인지 명확하니까, 이 나라에서는 발매금지라든가 전시금지 처분을

갓파(河童)

내리는 법이 없죠. 대신에 연주금지가 있어요. 다른 것과 달리 음악은 아무리 풍속을 괴란壞亂시키는 곡이라 할지라도 귀가 없는 갓파는 그걸 알아들을 리가 없거든요."

"그것참, 의문스럽네요. 당신 또한 조금 전 피아노 선율을 들으면서 부인과 잠자리에 들었을 때의 심장 고동과 같은 느낌을 받았을 것 아녜요."

제가 이렇게 묻는 와중에도 대소동은 조금도 진정될 기미가 보이질 않았습니다. 크라백은 피아노를 마주한 채 꼿꼿한 자세로 우리 쪽을 돌아보고 있었어요. 그러나 제아무리 크라백이라도 우선은 날아드는 잡동사니를 피하고 봐야잖아요. 그러니 이삼 초 간격으로 모처럼 잡은 폼을 바꿀 수밖에요. 그래도 명색이 대 음악가인지라 그에 걸맞은 위엄은 유지하면서 가느다란 눈을 무서우리만치 희번덕거렸어요. 전 — 저 역시 위험은 피해야겠기에 톡을 방패로 삼고 있었어요. 하지만 이내 호기심을 못 이기고 맥과 열띤 토론을 벌였습니다.

"그런 식의 검열은 너무 난폭한 것 아닙니까?"

"무슨 그런 말씀을, 다른 그 어떤 나라의 검열보다 훨씬 진보한걸요. 일본만 해도 그래요. 불과 한 달 전만 해도……."

맥이 이렇게 말하는 바로 그 순간, 그의 머리 위로 빈 병이 떨어져서 "quack."(이건 그냥 감탄사예요.) 하고 비명을 지르더니 그만 정신을 잃고 말았습니다.

여덟

전 이상하게도 유리회사 사장인 게엘한테 호감이 갔어요. 게엘은 자본가 중에서도 최고의 자본갑니다. 이 나라에 사는 갓파 가운데 게엘만큼 배가 큰 갓파도 없을 겁니다. 여지荔枝 나무를 닮은 부인이랑 오이처럼 생긴 아이를 좌우로 거느리고는 안락의자에 앉아 있는 모습은 행복 그 자체라 할 수 있습니다. 전 때때로 재판관 펩이나 의사 책을 따라 게엘네 집 만찬에 참석하곤 했어요. 또 어떨 때는 게엘한테 받은 초대장을 들고, 게엘이나 그의 친구들이 이런저런 사정으로 관여된 공장 여러 곳을 보러 간 적도 있어요. 그중 특히 흥미로웠던 곳은 서적 제조회사 공장이었습니다. 젊은 갓파 기사와 함께 공장 안으로 들어가 수력전기를 동력으로 하는 커다란 기계를 처음 보았을 땐, 정말이지 진보한 이 나라의 기계공업 수준에 놀라지 않을 수 없었습니다. 대략 일 년에 700만 부의 책을 여기서 만들어낸다는군요. 그런데 진짜로 놀라운 건 제조하는 책의 숫자가 아니라, 그만한 대량의 책을 제조하는 데 따로 일손이 필요치 않다는 사실이에요. 이 나라에서 책을 만드는 과정은 기계의 깔때기 모양 입구로 종이와 잉크 그리고 잿빛 분말을 넣기만 하면 끝이라니까요. 이들 원료가 기계 안으로 들어가기만 하면, 불과 5분도 지나지 않아 국화판, 사육판, 국화반절판 등 무수한 책들이 쏟아져 나오는 겁니다. 전 폭포처럼 흘러내리는 이런저런 모양의 책을 바라보면서, 몸을 뒤로 젖히며 작업하고 있는 기사 갓파에게 저 잿빛 가루가 뭐냐고 물었습니다. 그러자 기사는 거무칙칙한 기계 앞에 멈춰선 채로 아무렇지도 않은 듯 이렇게 대답하는 게 아니겠습니까.

"이것 말입니까? 이건 바로 당나귀의 뇌수랍니다. 그게 말이죠. 일단 건조한 걸 그냥 분말로 만들기만 하면 돼요. 시가는 아마 1톤에 2, 3전錢 정도 할걸요."

    물론 이런 공업상의 기적은 서적 제조회사에서만 일어난 일은 아닙니다. 회화 제조회사에서도 음악 제조회사에서도 마찬가지로 일어났습니다. 게엘의 말에 의하면, 이 나라는 평균 한 달에 700에서 800종류의 기계가 새롭게 고안되어 일손을 빌리지 않고서도 척척 대량생산으로 이어진답니다. 따라서 해고되는 직공만 해도 4만에서 5만 마리를 족히 넘는다고 하고요. 사태가 이러할진대 매일 아침 읽는 신문 그 어디에도 '파업'이라는 글자는 찾아볼 수 없어요. 이상하게 여긴 전 어느 날 펩이랑 책과 함께 게엘네 만찬에 초대받은 것을 틈타 왜 그런지 물어봤습니다.

    "다들 먹어 치워서 그래요."

    식후에 엽궐련을 입에 문 게엘이 너무나도 태연하게 이렇게 대답하는 게 아니겠습니까. 그러나 '먹어 치우다'는 말이 무슨 뜻인지 도통 모르겠어요. 그러자 코에 안경을 걸친 책이 저에게 설명이 필요하다고 느꼈는지 옆에서 이렇게 덧붙입니다.

    "직공들을 모두 죽여서 그 고기를 식자재로 쓰는 거예요. 여기 좀 보세요. 신문에 이번 달에 정확히 6만 4천769마리의 직공이 해고되었다고 나와 있으니까 그만큼의 고기 가격이 내려간 셈이죠."

    "직공들은 가만히 있나요?"

    "저항해봤댔자 소용없어요. 직공도살법이 있으니까."

    이것이 소귀나무 화분을 뒤로 한 떨떠름한 표정의 펩이 한 말이었습니다. 그 말을 듣고 제 기분이 상한 건 두말할 필요도 없겠죠. 그러나 정작 당사자인 게엘은 물론 펩과 책 그 누구도 대수롭지 않게 여기는 듯 싶었어요. 심지어 책은 웃으면서 절 놀리는 듯 이렇게 말했다니까요.

"쉽게 말하자면, 굶어 죽거나 자살하는 수고로움을 국가 차원에서 덜어주는 셈이죠. 유독가스를 살짝 맡는 정도니까 크게 고통스럽지는 않아요."

"그래도 그 고기를 먹는 건 좀……."

"지금 장난해요. 맥이 들으면 박장대소할 일이에요. 당신 나라도 제4계급에 속한 여자들은 매춘부가 되잖아요? 직공의 고기쯤 먹는 일에 분개하는 건 감상주의예요."

잠자코 듣고만 있던 게엘은 가까운 테이블 위에 놓여 있는 샌드위치 접시를 저에게 권하면서 태연하게 이렇게 말합니다.

"어떻습니까? 하나 드시겠어요? 이것도 직공으로 만든 고기인데요."

물론 전 사양했습니다. 아니, 그게 다가 아닙니다. 펩이나 책의 웃음소리를 뒤로하고 게엘네 집 응접실에서 뛰쳐나왔습니다. 그날은 지붕 위 하늘에 별빛도 보이지 않는 심술궂은 날이었습니다. 전 그런 어둠길을 더듬어 돌아오는 내내 쉴 새 없이 토해댔습니다. 어둠으로도 흘러내리는 게 가려지지 않는 희멀건 구토를.

아홉

그렇다고는 해도 유리회사 사장 게엘이 인간 친화적이라는 건 분명한 사실입니다. 종종 게엘과 함께 그가 회원으로 있는 클럽에 가서는 유쾌하게 하룻밤 보내곤 했으니까요. 제가 게엘을 따라간 건 톡이 속한 초인클럽보다 훨씬 마음이 편했기 때문이에요. 또한 게엘의 말은 철학자 맥과 달리 깊이는 없어도 저에게는 완전히 다른 세계를 — 넓은 세계를 보여주었습니다. 게엘은 늘 순금으로 만든 순가락으로 커피잔을 휘저으면서 쾌활하게 이런저런 얘기를 들려주었어요.

안개가 자욱한 어느 밤, 전 겨울 장미로 그득한 꽃병을 마주하고 게엘과 이야기를 나누고 있었습니다. 제 기억이 맞는다면, 그곳은 방 전체는 물론 의자랑 테이블까지 온통 흰 바탕에 금테를 두른 시세션secession 스타일이었습니다. 게엘은 여느 때보다 확신에 가득 차서는 얼굴 전체에 미소를 머금은 채 바로 얼마 전 천하를 거머쥔 Quorax당 내각에 대해 말했습니다. '쿠오랏쿠스'라는 말은 아무런 의미도 없는 감탄사라서 '이런' 정도로밖에는 번역이 안 돼요. 그래도 한 가지 분명한 건 '갓파 전체의 이익'을 표방하는 정당이라는 점입니다.

"쿠오락스당을 지배하는 이는 이름 높은 정치가 로페입니다. 비스마르크가 '정직이 최선의 외교다.'라는 말을 했던가요. 그런데도 로페는 정직을 국내 정치에 적용하거든요……."

"그래도 로페의 연설은……."

"일단 내 얘기 좀 들어보세요. 연설은 죄다 거짓말이니까. 하긴 그의 말이 거짓이라는 사실은 모두 익히 알고 있으니 정직하지 않다고 볼 수도 없겠군요. 무턱대고 거짓으로 몰아붙이는 건 당신들 편견에서 나온 거예요. 우리 갓파는 당신들처럼…… 뭐, 아무래도 상관없어요. 내가 하고 싶은 말은 로페에 대한 얘기니까요. 로페는 쿠오락스당을 지배하고 그러한 로페를 지배하는 이는 『Pou-Fou신문』(이 '푸-후'라는 말도 아무 의미 없는 감탄사예요. 군이 우리말로 옮기자면 '음…….' 정도랄까요.) 사장인 쿠이쿠이입니다. 그러나 쿠이쿠이 역시 그 자신의 주인은 아녜요. 그는 당신 앞에 있는 게엘의 지배를 받습니다.”

"그렇다면 — 좀 실례되는 말씀일지 모르지만, 사장인 쿠이쿠이가 당신의 지배를 받는다면…… 만약 그렇다면『푸-후신문』은 노동자 편 아닌가요?”

"물론『푸-후신문』기자들은 노동자 편입니다. 그러나 그들은 쿠이쿠이의 지배를 받아요. 게다가 쿠이쿠이는 게엘의 후원을 받아야만 하거든요.”

게엘은 여느 때와 다름없이 미소 지으며 순금 숟가락을 장난감처럼 놀리고 있습니다. 전 이런 게엘이 밉다기보다는『푸-후신문』기자들에게 동정심이 일었지요. 제가 아무 말도 하지 않자, 게엘은 저의 이런 마음을 읽었는지 커다란 배를 불룩 내밀면서 이렇게 말하는 게 아니겠습니까.

"그렇다고 해서『푸-후신문』기자들이 모두 노동자 편인 건 아녜요. 적어도 우리 갓파는 누군가를 편들기에 앞서 자기 자신이 먼저니까요. ……무엇보다 성가신 건 저 자신조차 타인의 지배를 받고 있다는 사실입니다. 누가 절 지배하는지 아시겠어요? 그건 바로 제 아내랍니다. 아름다운 게엘 부인 말이에요.”

게엘은 큰소리로 웃어댔어요.

"행복한 고민이군요.”

"아무튼 전 만족해요. 당신 앞에서는 — 갓파가 아닌 당신 앞에서는 맘 편히 떠들어도 되니까요.”

"그럼, 쿠오락스 내각은 게엘 부인이 지배하고 있는 셈이군요.”

"이런, 얘기가 그렇게 되나요. ……암튼 7년 전에 치른 전쟁이 어느 암컷 갓파 때문에 일어난 건 분명해요.”

갓파(河童)

사실 전 이때 처음으로 갓파 나라도 국가적으로 고립되지 않았다는 사실을 알게 되었습니다. 게엘의 설명에 따르면 갓파는 언제나 수달을 적으로 내세운다는군요. 게다가 가설 속 수달은 군비도 갖추고 있다지 뭡니까. 전 이런 수달을 상대로 갓파가 전쟁을 벌인 이야기에 꽤 흥미를 느꼈어요.(어찌 됐든 갓파의 강적으로 수달이라는 존재가 있다는 사실은 『수호고략』의 저자는 물론이거니와 『산토민담집山島民譚集』의 저자 야나기타 구니오柳田國男 씨조차 몰랐던 새로운 사실이니까.)

"물론 양국은 전쟁이 일어나기 이전에도 경계를 늦추는 법 없이 상대를 지켜보고 있었어요. 왜냐하면 양쪽 모두 상대를 두려워했거든요. 그런 와중에 이 나라에 놀러 온 수달 한 마리가 어느 갓파 부부를 방문했어요. 그것도 남편을 죽이려고 작정한 암컷 갓파가 있는 가정을요. 남편은 어느 쪽이냐 하면 난봉꾼에 가까웠어요. 거기에 생명보험을 든 것도 많든 적든 유혹으로 작용했겠죠."

"당신이 알고 지내던 부부입니까?"

"글쎄요……. 하긴 암컷 갓파를 알긴 하죠. 제 아내는 그녀를 악녀처럼 얘기하는데, 제가 보기엔 다른 암컷 갓파한테 남편이 붙잡힐 걸 두려워하는 피해망상 쪽에 더 가까운 광인이에요. ……암컷 갓파가 남편의 코코아 잔에 청산가리를 넣어둔 걸 보면 말이죠. 그런데 어찌 된 일인지 그 잔을 손님으로 온 수달이 마셔버렸지 뭐예요. 물론 수달은 죽었죠. 그다음은……."

"그래서 전쟁이 터진 겁니까?"

"그렇죠. 하필이면 그 수달이 국가에서 내려준 훈장을 달고 있던 터라."

"누가 이겼는데요?"

"물어보나 마나 이 나라가 이겼죠. 3십6만 9천500마리의 갓파들이 승리를 위해 장렬하게 전사했거든요. 하지만 적국에 비하면 그 정도의 손해는 아무것도 아녜요. 이 나라에 존재하는 털이라는 털, 가죽이라는 가죽은 죄다 수달 것이니까요. 저 또한 전쟁이 일어났던 동안에는 유리를 만드는 것 이외에도 석탄재를 전장으로 보내는 일을 도맡았습니다."

"석탄재를 어디다 쓰는데요?"

"당연히 식량이죠. 우리 갓파는 배가 고프면 뭐든 닥치는 대로 먹을 수 있으니까요."

"그것참 ─ 부디 노하지 말고 들어주세요. 그건 전쟁에 동원된 갓파들에게는……. 우리나라에서는 그걸 추문이라고 하는데 말이죠."

"이 나라에서도 추문임이 틀림없어요. 하지만 나 자신도 지금 이렇게 말하고 있고 그 누구도 지어낸 헛소문이라 여기지 않아요. 철학자 맥도 말했다시피 '그대의 악은 그대 스스로 밝혀라. 그러면 자연스레 소멸할지니.' ……게다가 전 이익 이외에도 애국심에 불타오르고 있었으니까요."

마침 그때 클럽의 급사가 안으로 들어왔습니다. 게엘한테 인사를 건넨 급사는 마치 낭독이라도 하는 듯 이렇게 말했어요.

"당신 옆집에 불이 났어요."

"뭣이? 불이…… 불이 났다고!"

놀란 나머지 게엘은 벌떡 일어섰습니다. 저 또한 자리에서 일어났고요. 그런데도 급사는 여전히 침착한 채로 다음 말을 이어갔습니다.

"그런데 불은 이미 다 꺼졌대요."

게엘은 급사의 뒷모습을 바라보면서 우는지 웃는지 모를 표정을 지었습니다. 전 이런 그를 보자 이전에 유리회사 사장이었던 게엘을 미워했던 일이 떠올랐습니다. 그랬던 게엘도 지금에 와서는 대자본가도 그 무엇도 아닌 그저 그런 평범한 갓파가 되어 서 있었어요. 전 꽃병 속 겨울 장미를 뽑아서는 게엘의 손에 쥐어줬습니다.

"불은 꺼졌어도 부인은 적잖이 놀랐을 거예요. 자, 이걸 들고 집으로 돌아가세요."

"고맙습니다."

게엘은 제 손을 붙잡았습니다. 그리곤 갑자기 빙그레 웃으며 작은 목소리로 이런 말을 건넸어요.

"옆집도 제집이라서 화재보험금만은 챙길 수 있어요."

전 이렇게 말하는 게엘의 미소를 — 경멸할 수도 없고 그렇다고 증오할 수도 없는 게엘의 미소를 아직도 생생히 기억하고 있습니다.

열

"무슨 일 있어? 오늘은 이상하게도 축 처져 보이는군."

화재가 발생한 다음 날의 일입니다. 전 엽궐련을 입에 문 채로 응접실 의자에 걸터앉아 있는 랩 학생에게 이렇게 물었습니다. 그때 랩은 오른쪽 다리 위에 왼쪽 다리를 올려서 꼬고는 썩은 부리도 보이지 않을 정도로 구부린 자세로 멍하니 마루만 응시하고 있었어요.

"랩 군, 왜 그러냐니까?"

"아니, 별것 아녜요……."

랩은 마지못해 얼굴을 들고서는 슬픈 콧소리로 이렇게 대꾸했어요.

"오늘 창밖을 바라보던 전 '이것 봐라, 벌레잡이제비꽃이 피었네.'라는 말이 제 입에서 무심결에 흘러나왔습니다. 그러자 제 여동생이 얼굴빛을 싹 바꾸더니 '어차피 전 벌레잡이제비꽃이에요.'라며 투덜거리지 뭡니까? 여동생을 편애하는 제 어미까지 옆에서 거들고 말이죠."

"벌레잡이제비꽃이 피었다는 말이 동생을 불쾌하게 만든 건 왜 그런 거야?"

"그건 아마 암컷 갓파를 붙잡는다는 뜻으로 받아들인 탓이겠죠. 이런 말다툼에 제 어미와 사이가 나쁜 숙모도 뛰어들었으니, 바로 대소동으로 이어졌고요. 엎친 데 덮친 격으로 일 년 내내 술에 취한 숙부마저 이 현장을 보고 말았으니 너 나 할 것 없이 서로 두들겨 패기 시작했어요. 이도 기가 찰 노릇인데, 그 와중에 제 남동생은 어미의 지갑을 훔쳐서는 곧장 시네마라나 뭐라나 하는 걸 보러 가버렸어요. 전…… 정말이지 더는……."

랩은 두 손으로 얼굴을 감싸고는 아무 말 없이 울고만 있었어요. 제가 동정심을 느낀 건 두말할 필요도 없겠죠. 한편으로는 가족 제도에 대한 시인 톡의 경멸에 찬 눈빛도 떠올랐고요. 전 랩의 어깨를 툭툭 치며 열심히 위로했습니다.

"그런 일은 아주 흔한 일이야. 힘내."

"하지만…… 부리만이라도 썩지 않고 멀쩡하다면야 어떻

게든……."

"그건 어쩔 수 없는 일이고. 그럼, 톡네 집이라도 가볼까?"

"톡 씨는 절 경멸해요. 전 톡 씨처럼 대담하게 가족을 버릴 수 없으니까요."

"그럼, 크라백네 집에 가보는 건 어때?"

전 앞서 음악회 이래, 크라백과 친구로 지내고 있던 터라 일단 대 음악가네 집으로 랩을 데리고 갔습니다. 크라백은 톡에 비해 훨씬 풍요롭게 살고 있었어요. 그렇다고 해서 자본가 게엘처럼 지낸다는 뜻은 아닙니다. 그저 이런저런 골동품을 — 타나그라 인형이나 페르시아 도자기로 방 전체를 도배한 가운데, 터키풍 소파를 들여놓고는 크라백 자신의 초상화 아래서 노상 아이들과 즐겁게 지내는 정도입니다. 그런데 오늘은 어찌 된 영문인지 팔짱을 낀 채로 떨떠름한 표정으로 앉아 있잖아요. 그뿐만 아니라 발밑에는 종잇조각이 한가득 널려 있지 뭡니까. 물론 랩도 시인 톡과 함께 크라백을 여러 번 만났을 겁니다. 그런 그도 이런 모습에는 적잖이 놀랐는지 정중하게 인사를 하더니 말없이 방 한 귀퉁이에 자리를 잡았어요.

"무슨 일 있어요? 크라백 군."

전 인사도 하는 둥 마는 둥 대 음악가에게 이렇게 물었습니다.

"이게 말이 돼? 바보 같은 비평가 놈들! 내 서정시를 두고 톡의 서정시와는 비교가 안 된다잖아."

"그래도 당신은 음악가니까……."

"그 정도였으면 그냥 넘어갔을 거야. 그런데 내가 록에 비해 음악가로서의 명성에 걸맞지 않다나?"

여기서 록이라는 자는 크라백과 자주 비교되곤 하는 음악가입니다. 안타깝게도 전 초인클럽 회원이 아니라서 록과는 한 번도 얘기를 나눠보진 못했어요. 부리가 뒤집힌 성깔 있어 보이는 얼굴은 가끔 사진으로 본 적이 있긴 합니다만.

"록도 너처럼 천재임은 틀림없어. 하지만 록의 음악에서는 네 음악에 깃든 것 같은 근대적 정열이 느껴지질 않아."

"정말로 그렇게 생각해?"

"물론이지."

이 소릴 듣자 크라백은 벌떡 일어서더니, 타나그라 인형을 집어 들고는 마루 위로 냅다 내던졌습니다. 랩은 꽤 놀랐는지 뭔지 모를 소리를 지르며 도망치려 했어요. 그런데도 크라백은 랩이랑 저에게 '가만 있어.' 하는 손짓을 보내고는 싸늘하게 이렇게 말하지 뭡니까.

"그건 너 역시 속인처럼 귀가 없기 때문이야. 난 록이 두려워……."

"네가? 겸손한 척하면 못 써."

"누가? 내가? 너희들에게 허세를 부릴 요량이면 비평가들 앞에서 그렇게 하겠어. 난 ─ 크라백은 천재야. 그 점에 있어서는 록이 두렵지 않아."

"그럼, 뭘 겁내는 거야?"

"무언가 정체 모를 것을 ─ 말하자면 록을 지배하는 별이랄까."

"뭔 소린지 도통 모르겠네."

"그럼, 이렇게 말하면 알아들으려나. 록은 내 영향을 받질 않아. 하지만 난 나도 모르는 사이 록의 영향을 받고 있지."

갓파(河童)

"그건 너의 감수성이……."

"내 얘길 마저 들어봐. 감수성 따위의 문제가 아니란 말이야. 록은 걱정이 많아서 자신이 할 수 있는 일만 하지. 하지만 난 늘 무언가에 쫓겨. 록 눈에는 이런 내 모습이 한걸음 정도로 별것 아닐 수도 있어. 하지만 나에게는 10마일이나 동떨어진 전혀 다른 성질의 것이야."

"하지만 선생의 영웅곡은……."

크라백은 실눈을 한층 더 가늘게 뜨고는 짜증스러운 듯 랩을 쏘아봤습니다.

"그 입 닥쳐! 네가 뭘 안다고 그래. 난 록을 잘 알아. 그에게 머리를 조아리며 굽실거리는 개보다 더 록을 잘 알거든."

"이제 좀 그만 떠들어대."

"그게 가능하다면야…… 난 늘 이런 생각을 해. ― 우리가 모르는 무언가가 우리를 ― 크라백을 비웃기 위해 록을 나에게 보낸 거야. 철학자 맥은 이 모든 걸 알고 있어. 언제나 저 색깔 유리 랜턴 아래서 낡은 책만 읽는 주제에"

"얼마 전 맥이 쓴 『바보의 말阿呆の言葉』이라는 책을 읽어봐."

크라백은 저에게 한 권의 책을 거의 던지다시피 하면서 건넸습니다. 그러고는 팔짱을 낀 채로 퉁명스러운 어투로 이렇게 툭 내뱉었어요.

"그럼, 오늘은 이만 실례."

전 풀죽은 랩을 데리고 또다시 길거리로 나왔어요. 인파로 붐비는 거리에는 여전히 밤나무 가로수 그늘 아래 이런저런 가게들이 즐비하게 늘어서 있습니다. 우린 아무 말 없이 발걸음을 옮기고 있었지요. 그때 우리 앞에 나타난 이가 바로 긴 머리카락을 휘날리는 시인 톡이었어요. 그는 우릴 발견하자 주머니에서 손수건을 꺼내고는 연신 이마를 닦아대며 이렇게 말했습니다.

"이것 참, 오랜만에 보는군요. 전 지금 간만에 크라백네 집이나 가볼까 하는데⋯⋯."

전 예술가들끼리 서로 싸우면 안 된다고 생각했기에, 톡에게 크라백의 기분이 그다지 좋은 편이 아니라는 식으로 에둘러서 말했습니다.

"그래요? 그럼, 오늘은 그만둬야겠군. 크라백이 신경쇠약인 건 분명하니까⋯⋯. 사실 저 역시 요 이삼 주간은 도통 잠이 들지 못해서 힘들거든."

"우리와 함께 산책이라도 하는 건 어때요?"

"아니, 오늘은 됐어요. 이런!"

그런데 톡이 갑자기 비명을 지르며 내 팔을 꽉 붙잡는 게 아니겠습니까. 몸 전체로 식은땀까지 흘리면서 말이죠.

"왜 그래?"

"무슨 일입니까?"

전 이런 톡이 걱정되기도 하여 의사 책에게 진찰받아보라 권했지요. 그런데 톡은 꿈쩍도 안 합니다. 어디 그뿐인가요. 뭔가 미심쩍은 듯 우리의 얼굴을 번갈아 보면서 이런 말까지 입에 담는 겁니다.

"난 결코 무정부주의자가 아냐. 그것만은 잊지 말아줘. ─ 그럼, 난 이만. 책 따위 딱 질색이야."

우리는 멍하니 그 자리에 선 채 톡의 뒷모습을 바라보았습니다. 우리는 ─ 아니, '우리'가 아닙니다. 학생 랩은 어느새 거리 한가운데로 걸어 나가 상체를 구부린 자세로 가랑이 사이로 끝없이 오가는 자동차랑 사람들을 바라보고 있었으니까요. 전 이 갓파도 미쳤나 싶어 얼른 랩을 일으켜 세웠습니다.

"지금 장난해? 뭐 하자는 거야?"

제가 이렇게 거칠게 물어도 랩은 눈만 비벼댈 뿐 차분하게 이렇게 대답했어요.

"아니요. 너무 우울한 나머지 그냥 한 번 세상을 거꾸로 봐봤어요. 그래봤자 똑같을 줄 알았지만요."

열하나

아랫글은 철학자 맥이 쓴 『바보의 말』에 나오는 문장 가운데 몇 개를 간추린 겁니다.

바보는 언제나 그 이외의 다른 존재를 바보라 믿는다.

우리가 자연을 사랑하는 것은 자연이 우리를 미워하거나 질투하는 구석이 없기 때문이기도 하다.

가장 현명하게 생활하는 방법은 한 시대의 관습을 경멸하면서도 그러한 관습을 조금도 깨뜨리지 않고 지내는 것이다.

우리가 진정 영광으로 삼고 싶은 것은 우리에게 없는 것뿐이다.

그 누구도 우상을 파괴하는 일에는 이견이 없다. 그와 동시에 누구나 우상이 되고 싶어 한다. 그러나 우상의 대좌 위에 마음 편히 앉을 수 있는 자는 신이 간택한 이 — 바보거나 악인이거나 혹은 영웅 중 하나일 것이다.(크라백은 이 문장 위에 손톱자국을 남겼습니다.)

우리가 생활하는 데 필요한 사상은 이미 3000년 전에 다 만들어졌는지도 모른다. 우리는 그저 옛날에 모아놓은 장작에 새로운 불길을 더해 불을 지피는 정도일 것이다.

우리의 특색은 노상 우리 자신의 의식을 초월하는 것에 있다.

행복은 고통이 따르고 평화는 권태를 수반한다면 — ?

자기를 변호하는 것은 타인을 변호하기보다 어렵다. 미심쩍은 사람은 변호사를 보라.

자만, 애욕, 의혹 — 모든 죄는 3000년 이래, 이 세 가지에서 출발했다. 그와 동시에 모든 덕도 필시 여기에서.

물질적 욕망을 없앤다고 해서 반드시 평화가 찾아오는 것은 아니다. 우리가 평화를 얻기 위해서는 정신적 욕망도 없애야 한다.(크라백은 이 부분에도 손톱자국을 남겼습니다.)

갓파(河童)

우리는 인간보다 불행하다. 인간은 갓파만큼 진화하지 않았다.(이 문장을 본 저는 저도 모르게 웃음이 터졌습니다.)

목적한 바를 이루는 것은 성취할 수 있다는 것이며, 성취할 수 있다는 것은 목적한 바를 이루는 것이다. 필시 우리의 생활은 이런 순환논법에서 벗어날 수 없다. ― 다시 말해서 시종 불합리한 것이다.

보들레르는 백치가 된 이후, 그의 인생관을 오직 한 자로 ― 여음女陰이라는 한 단어로 나타냈다. 그러나 그 자신에 대해 말할 때도 그랬던 것은 아니다. 그의 천재성을 ― 그의 생활을 유지하기에 족한 시적 천재성을 너무 신뢰한 나머지 위장胃臟이라는 한 단어를 잊어버린 것이다.(크라백은 여기에도 손톱자국을 남겼습니다.)

만약 시종일관 이성적이라면, 우리는 우리 자신의 존재를 부정해야만 할 것이다. 이성을 신으로 삼은 볼테르가 행복하게 일생을 마칠 수 있었다는 것이 인간이 갓파보다 진화하지 않았다는 사실을 증명하는 것이다.

열둘

여느 때보다 추운 어느 날 오후입니다. 전『바보의 말』을 읽는데도 질려서 철학자 맥을 보러 집 밖으로 나왔습니다. 그런데 어느 쓸쓸한 마을 한 귀퉁이에 모기처럼 마른 갓파 한 마리가 멍하니 벽에 기대어 있지 뭡니까. 그것도 언젠가 제 만년필을 훔쳐서 달아난 그 갓파가 말이죠. 전 '이때다.' 싶어 마침 그곳을 지나가고 있던 덩치 좋은 순사를 불러 세웠습니다.

"저 갓파 좀 잡아주세요. 그가 한 달 전에 제 만년필을 훔쳐 갔거든요."

순사는 오른손에 곤봉을 들고는(이 나라의 순사는 검 대신에 나무 몽둥이를 갖고 다닙니다.) '이봐, 거기' 하고 그 갓파를 불렀습니다. 전 그가 도망치지나 않을까 내심 걱정하고 있는데, 의외로 침착하게 순사 앞으로 다가왔어요. 게다가 어이없게도 팔짱을 낀 채로 너무나도 거만하게 저와 순사의 얼굴을 빤히 쳐다보지 뭡니까. 그런데도 순사는 화내는 기색도 없이 품속에서 수첩을 꺼내 즉시 심문에 들어갔어요.

"이름은?"

"그룩"

"직업은?"

"바로 이삼일 전까지만 해도 우편집배원이었습니다."

"됐어. 다음은 이 사람이 네가 이 사람의 만년필을 훔쳤다고 주장하는데."

"예. 한 달 전쯤 훔쳤어요."

"뭣 땜에"

"아이 장난감으로 삼으려고요."

"아이라면?"

처음에는 순사가 상대 갓파를 날카롭게 째려봤어요.

"일주일 전에 죽었습니다."

"사망증명서를 갖고 있나?"

갓파(河童)

여윈 갓파는 품속에서 종이 한 장을 꺼내 들었습니다. 그런데 그 종이를 살피던 순사는 갑자기 빙글거리더니 상대의 어깨를 툭 쳤습니다.

"괜찮아. 참으로 힘들었겠군."

전 어이가 없어서 순사의 얼굴을 쳐다봤지요. 그사이 야윈 갓파는 뭐라 투덜거리면서 우리 뒤편으로 사라졌어요. 그제야 정신이 든 전 순사에게 이렇게 물었습니다.

"어째서 저 갓파를 체포하지 않는 겁니까?"

"저 갓파는 죄가 없어요."

"그럼, 제 만년필을 훔친 일은⋯⋯."

"아이한테 장난감을 주려고 그런 거잖아요. 결국 그 아이는 죽었고요. 만약 내 말이 의심스럽다면 형법 1285조를 조사해보든가."

순사는 이렇게 툭 내뱉고는 어느새 눈앞에서 사라졌습니다. 달리 방도가 없는 전 '형법 1285조'를 입속으로 되뇌며 서둘러 맥네 집으로 갔지요. 철학자 맥은 손님이 찾아오는 걸 좋아해요. 오늘만 해도 어두침침한 이 방에는, 재판관 펩이랑 의사 책 그리고 유리회사 사장 게엘이 일곱 빛깔 유리 랜턴 아래 모여 담배 연기를 피워 올리고 있거든요. 저로서는 그곳에 재판관 펩이 와있어서 다행이죠. 전 의자에 걸터앉자마자 형법 제1285조를 조사하는 대신 바로 펩에게 질문을 던졌습니다.

"당연히 벌을 주죠. 사형시키는 일도 있으니까요."

"하지만 전 한 달 전에⋯⋯."

전 전후 사정을 소상히 밝힌 뒤에 예의 형법 1285조가 뭔지 물어봤습니다.

"음…… 그건 말이죠. ─'그 어떤 범죄를 저질러도 해당 범죄가 발생한 사정이 소실된 이후에는 해당 범죄자를 처벌할 수 없다.'라는 것이니 당신의 경우, 일찍이 아이의 부모였던 그 갓파가 지금은 그렇지 않으니 범죄 사실도 자연 소멸하는 거죠."

"어떻게 그런 일이…… 너무 불합리하잖아요."

"지금 농담해요. 부모였던 갓파와 그렇지 않은 갓파를 같게 보는 거야말로 불합리하죠. 참, 일본의 법률은 똑같다고 간주하죠. 우리한테는 그게 더 우스워요. 후후후후, 후후후후."

펩은 엽궐련을 꺼내면서 마음에도 없는 웃음을 흘렸지요. 그때 법률과는 인연이 먼 책이 말을 꺼냈어요. 그는 코안경을 잠시 고쳐 쓰고는 내게 이렇게 물었습니다.

"일본에도 사형 제도가 있습니까?"

"물론 있죠. 일본에서는 교수형이에요."

전 평소 냉소적인 펩의 태도에 적잖은 반감을 품고 있었기에 이 기회에 한껏 비웃어줬어요.

"이 나라의 사형은 일본보다 더 문명적인가요?"

"물론이죠."

펩은 여느 때와 마찬가지로 침착했습니다.

"이 나라는 교수형 따위 집행하지 않아요. 드물게 전기를 쓰는 일은 있지만요. 하지만 보통은 전기도 안 써요. 그저 죄명을 들려주기만 하면 되거든요."

"그걸로 갓파가 죽어요?"

"물론이죠. 우리 갓파의 신경 작용은 당신들보다 훨씬 복잡 미묘하거든요."

갓파(河童)

"사형만 그런 건 아녜요. 살인에도 그 방법을 쓰는 경우가 있으니까요."

사장 게엘은 색깔 유리로 얼굴 한가득 보랏빛으로 물들이며 사람 좋은 얼굴로 웃어 보였습니다.

"전 며칠 전에도 어느 사회주의자에게 '넌 도둑이야.'라고 말해서 심장마비를 일으키게 한걸요."

"그런 일은 의외로 많아요. 제가 알던 변호사도 그런 식으로 죽었으니까요."

전 옆에서 이렇게 말한 갓파 — 철학자 맥을 돌아봤습니다. 맥 또한 늘 그래왔듯이 빈정대는 미소를 지으며 허공에 대고 이렇게 혼잣말했어요.

"그 갓파는 누군가한테 개구리로 불려서 — 당신도 익히 잘 알고 있죠. 이 나라에서 개구리는 사람이 아닌 자를 의미한다는 걸요. — 내가 개구리일까? 아닐까? 이렇게 매일 생각하다가 시름시름 죽고 만 거죠."

"결국 자살이군요."

"하긴 갓파를 개구리로 부른 놈은 죽일 생각으로 그렇게 말한 거겠죠. 당신들 눈에는 자살로 보이겠지만……."

맥이 이렇게 말하는 순간, 우리가 모인 방 벽 건너편에서 — 의심할 여지 없이 시인 톡네 집에서, 날카로운 한 발의 피스톨 소리가 공기를 가르며 날아들었습니다.

열셋

우리는 곧장 톡네 집으로 뛰어갔지요. 가서 보니 그는 오른손에 피스톨을 들고는 머리 위 접시에서 피를 흘린 채 고산식물 화분 옆에 하늘을 올려다보는 자세로 쓰러져 있지 뭡니까. 그 곁에는 암컷 갓파 한 마리가 톡의 가슴에 얼굴을 파묻고는 큰 소리로 울고 있고요. 전 암컷 갓파를 일으켜 세우며(사실 전 미끄덩거리는 갓파 피부에 손을 대는 걸 꺼리는 편입니다만) '무슨 일입니까?' 하고 물었습니다. "그게 말이죠. 저도 잘 모르겠어요. 뭔가 글을 쓰고 있나 했더니 느닷없이 피스톨로 자기 머리를 쏴버렸으니까요. 아, 이제 전 어쩌면 좋죠? qur-r-r-r-r, qur-r-r-r-r"(이 소리는 갓파의 울음소리입니다.)

"톡 군은 늘 제멋대로였으니까."

유리회사 사장 게엘은 슬픈 듯 도리질 치며 재판관 펩에게 이렇게 말합니다. 그러나 펩은 말없이 주둥이를 금박으로 감은 궐련에 불을 피웠어요. 그러는 가운데 지금껏 무릎을 꿇고는 톡의 상처를 조사하던 책이, 너무나도 의사다운 태도로 우리 다섯 명을 보며 선언했지요.(사실 한 사람과 네 마리입니다만)

"달리 손쓸 방도는 없지. 위에 병이 난 톡 군은 그것만으로도 금방 우울해졌을 테니."

"뭔가 적고 있었다는데."

철학자 맥은 무언가 알아내려는 듯 혼잣말로 이렇게 읊조리면서 책상 위에 놓여 있는 종이를 집어 들었습니다. 우리는 모두 목을 쭉 빼고는(물론 전 예외입니다만) 떡 벌어진 맥의 어깨 너머 한 장의 종이로 시선이 꽂혔습니다.

이제는 가야만 한다네. 사바세계 저편 산골짜기로.

암석 모인 요란한 곳에 산에서 흘러오는 물 맑은

약초 꽃향기 그득한 산골짜기로.

맥은 우리를 돌아보면서 웃는지 우는지 모를 쓴웃음을 지으며
이렇게 말했습니다.

"이건 괴테의 〈미뇽의 노래〉를 표절한 거예요. 그럼, 톡이 자살
한 것도 시인 역할에 지쳐서군요."

이때 예의 음악가 크라백이 자동차를 타고 지나가는 길에 우
리를 보고 내렸어요. 지금 이 광경을 목격한 그는 잠시 문간 옆을 서
성댔습니다. 그러다 불쑥 우리 앞으로 다가서더니 맥에게 호통치듯
크게 소리 질렀어요.

"그건 톡의 유언장입니까?"

"아니요. 마지막에 적은 시입니다."

"시라고?"

오늘도 변함없이 침착한 맥은 머리카락이 하늘로 솟은 크라백
에게 톡의 시 원고를 건넸습니다. 크라백은 주위는 일절 신경 쓰는
기색 없이 열심히 그 원고를 읽어나갔습니다. 맥이 묻는 말에 대답
조차 하지 않고 말입니다.

"당신은 톡 군의 죽음을 어떻게 생각합니까?"

"이제는 가야만……. 저 역시 언제 죽을지 모릅니다. ……사바
세계 저편 산골짜기로……."

"하지만 당신도 톡 군과 친한 사이였잖아요?"

"친한 사이? 톡은 늘 고독했어요. ……사바세계 저편 산골짜기
로…… 그저 톡은 불행하게도…… 암석 모인 요란한 곳에……."

"불행하게도?"

"산에서 흘러오는 물 맑은…… 당신들은 행복합니다. ……암석 모인 요란한 곳에……."

전 계속 울고만 있는 암컷 갓파가 가엾어서 어깨를 감싸듯 안고는 방 한 귀퉁이에 자리 잡은 소파 쪽으로 데려갔습니다. 거기에는 두세 살로 보이는 갓파 한 마리가 천진난만하게 웃고 있었지요. 전 암컷 갓파를 대신해서 아이를 달래주었습니다. 그 사이 제 눈에도 눈물이 고이는 것이 느껴졌습니다. 제가 갓파 나라에 살면서 눈물을 흘린 일은 이번이 처음이자 마지막이었습니다.

"그나저나 이렇게 제멋대로인 갓파와 가정을 꾸린다는 건 참으로 딱한 일입니다."

"다른 건 그렇다 치더라도 뒷일은 전혀 생각하지 않으니."

재판관 펩은 늘 그래왔듯이 엽궐련에 새로 불을 붙여가면서 자본가 게엘한테 말했어요. 그때 우리가 놀란 건 음악가 크라백의 큰 목소리였습니다. 그는 시 원고를 집어 든 채 딱히 누구라고 할 것도 없이 아무한테나 대고 소리쳤습니다.

"좋았어! 위대한 장송곡이 나올 것 같아."

크라백은 가느다란 눈을 붉히며 맥의 손을 살짝 잡는가 싶더니 그 길로 문간 쪽으로 뛰어나가는 게 아니겠습니까. 그때는 이미 이웃 갓파들이 톡네 집 출입구에 몰려들어 신기한 듯 집안을 들여다보고 있었어요. 그래도 크라백은 전혀 개의치 않고 모여든 갓파들을 옆으로 밀어붙이며 자동차로 훌쩍 올라탔습니다. 그와 동시에 차는 폭발음을 쏟아내며 어디론가 홀연히 사라졌어요.

"이봐, 그렇게 쳐다보면 안 된다니까."

재판관 펩은 순사를 대신해서 모여든 많은 갓파들을 밀어서 밖으로 내보내고는 톡네 집 문을 닫아버렸습니다. 그 바람에 방 안은 조용해졌어요. 우리는 갑자기 찾아온 고요함 속에서 ― 고산식물 꽃향기와 톡의 피 냄새가 뒤섞인 가운데 뒷일에 대해 의논했어요. 그런 우리와 달리 철학자 맥은 톡의 시체를 바라보며 무언가 골똘히 생각하고 있었어요. 전 맥의 어깨를 두드리며 "무슨 생각해요?" 하고 물었습니다.

"갓파의 삶이 뭘까 하고."

"갓파의 삶이 어때서요?"

"아무래도 우리 갓파는 자기 삶을 충실히 살아내기 위해서……."

맥은 다소 부끄러운 듯 작은 목소리로 이렇게 덧붙였습니다.

"아무튼 우리 갓파 말고 다른 그 무언가의 힘을 믿게 되거든요."

열넷

전 이런 맥의 말을 듣고 종교를 떠올렸습니다. 전 물질주의자라서 단 한 번도 종교에 대해 진지하게 생각해본 적이 없어요. 그러나 당시 전 톡의 죽음에 일종의 감동과 같은 걸 느꼈기에, 도대체 갓파가 생각하는 종교가 무얼까 하고 생각하게 되었습니다. 그래서 학생 랩에게 바로 이에 관한 질문을 던졌지요.

"그거야 기독교, 불교, 모하메드교, 배화교 등 여러 가지를 믿죠. 그중에서도 가장 세력이 큰 건 누가 뭐래도 근대교입니다. 생활교라 부를 수도 있겠죠.(어쩌면 '생활교'로 옮기면 안 될지도 모르겠습니다. 이 말의 어원은 'Quemoocha'로 여기서 'cha'는 영어로 'ism'에 해당하죠. 'quemoo'의 어원인 'quemal'의 번역어는 단순히 '살다'는 뜻보다는 '밥을 먹거나 술을 마시거나 육체적으로 관계를 맺거나' 하는 것을 의미합니다.)"

"그럼, 이 나라에도 교회라든가 사원이라든가 하는 곳이 있겠네요?"

"지금 농담해요. 근대교 대사원은 이 나라 제일의 대형 건축물이거든요. 그러지 말고 같이 가볼래요?"

후덥지근한 어느 흐린 날 오후, 랩은 기세가 등등해져서는 절 데리고 대사원을 향해 길을 나섰습니다. 과연 그곳에는 니콜라이 성당의 열 배나 넘는 커다란 건축물이 있었어요. 게다가 모든 건축 양식이 한데 모여 있지 뭡니까. 대사원 앞에 서서 높이 치솟은 탑이랑 둥그런 지붕을 올려다보고 있자니, 뭔지 모를 불길함이 몰려들었습니다. 눈 앞에 펼쳐진 모든 것이 하늘을 향해 뻗친 무수한 촉수처럼 느껴졌거든요. 우린 현관 앞에 선 채로(현관에 비하니 우린 또 얼마나 작던지!) 그렇게 얼마간 이 건축물, 아니 도무지 상대되지 않는 괴물에 가까운 희대의 대사원을 올려다봤습니다.

대사원은 내부도 엄청 넓었습니다. 코린트풍의 원기둥이 자리 잡은 중앙에는 참배하러 온 많은 사람으로 북적거렸어요. 그들도 우리처럼 아주 작아 보였고요. 우린 그들 중 허리가 굽은 갓파 한 마리를 만났습니다. 랩은 그에게 살짝 머리를 조아리더니 정중하게 말을 걸었어요.

"어르신, 건강해 보여서 다행입니다."

상대 갓파도 인사를 받더니 랩과 마찬가지로 정중히 대답합니다.

"이런, 랩 씨 아닙니까? 당신도 변함없이 — (라고 말하면서도 잠시 말을 잇지 못한 건 랩의 썩은 부리가 눈에 들어온 탓일 겁니다.) — 어쨌든 건강해 보이는군요. 그런데 오늘은 무슨 일로……?"

"오늘은 이분을 모시고 왔습니다. 이분으로 말할 것 같으면 익히 알고 계시겠지만 — "

이후 랩은 그에게 담담히 저에 관한 이야기를 들려주었습니다. 아무래도 제 얘기가 그동안 랩이 대사원에 좀처럼 오지 못했던 변명거리라도 되는 모양입니다.

"사정이 이러하니 이분을 안내해 주십사 청해봅니다만."

노인은 지긋이 미소 지으며 저에게 인사를 건네고는 조용히 정면 제단을 가리킵니다.

"안내를 하기는 합니다만, 도움이 될지는 모르겠습니다. 우리 신도들이 어디에 예배를 드리는가 하면, 바로 앞 제단 위에 보이는 '생명의 나무'입니다. 이 '생명의 나무'에는 보시다시피 금색 열매와 녹색 열매가 열려 있지요. 저 금색 열매를 '선의 열매'라 하고 녹색 열매를 '악의 열매'라 부릅니다……."

전 노인의 설명이 채 끝나기도 전에 벌써 지루함을 느꼈습니다. 모처럼 격식 차린 노인의 말이 오래된 비유처럼 들렸거든요. 물론 열심히 듣는 척은 했습니다. 하지만 대사원 내부로 슬쩍슬쩍 눈길을 주는 것 또한 잊지 않았어요.

코린트풍 기둥, 고딕풍 둥근 천장, 아라비아 분위기 묻어나는 바둑판무늬 마루, 시세션을 본뜬 기도대 — 이런 것들이 자아내는 조화로움은 이상하리만치 야만적인 미를 물씬 풍기고 있었어요. 그중에서도 가장 제 시선을 사로잡은 건, 양쪽으로 늘어선 불상을 모시는 장欌에 놓인 대리석 반신상이었습니다. 전 이들 조각상을 어디선가 본 듯했지만, 뭐 그리 이상한 것도 아니죠. 예의 허리가 굽은 갓파는 '생명의 나무'에 대한 설명을 마치자, 이번에는 저랑 랩을 데리고 오른편 장 앞으로 다가가서는 그 안에 놓인 반신상에 대해 이런 설명을 덧붙였어요.

"이것은 우리 성도 가운데 한 사람 ― 모든 것에 반역한 성도 스트린드베리입니다. 그는 호되게 괴로움을 당한 끝에 스베덴보리의 철학 덕에 구제받은 것으로 알려졌지요. 그러나 사실은 구원받지 못했어요. 이 성도는 그저 우리와 마찬가지로 생활교를 믿었을 뿐입니다. ― 아니, 믿을 수밖에 없었을 겁니다. 그가 우리에게 남긴 『전설』이라는 책을 읽어보세요. 이 성도 또한 자살을 기도했으나 미수에 그친 사람이었다는 사실을 그 스스로 고백하고 있거든요."

조금 우울해진 전 다음 장으로 눈길을 돌렸습니다. 그곳에 있는 반신상은 굵은 수염을 한 독일인입니다.

"이건 차라투스트라의 시인 니체입니다. 이 성도는 그 자신이 만든 초인에게 구원을 요청했지요. 하지만 그 또한 구제받지 못한 채 미치광이로 돌변하고 말았어요. 만약 미치지 않았다면 성도에 들지 못했을지도 모릅니다만……."

그렇게 얼마간 노인은 말이 없다가 제3의 장 앞으로 우리를 안내했습니다.

"세 번째는 톨스토이예요. 이 성도는 그 누구보다 많이 고행했다고 할 수 있지요. 본래 귀족 태생인 그는 호기심 많은 대중에게 자신의 괴로움을 내보이는 걸 꺼렸거든요. 이 성도는 사실상 믿을 수 없는 기독교를 믿어보려고 노력했어요. 아니, 믿고 있다고 공언한 적도 있어요. 그러나 결국 만년에 자신이 비장한 거짓말쟁이였다는 사실을 인정하지 않을 수 없게 됐어요. 이 성도가 때때로 서재 들보를 보고 공포를 느낀 일은 꽤 유명합니다. 그래도 성도 안에 들어갈 정도니까 자살한 건 아닙니다."

제4의 장에 있는 반신상은 우리 일본인 가운데 한 사람입니다. 이 일본인의 얼굴을 본 전 저절로 친숙함이 느껴졌어요.

"이 자는 구니키다 돗포国木田独歩입니다. 차에 치여 죽은 인부의 마음을 누구보다 잘 이해하는 시인이지요. 당신한테 더 이상의 설명은 필요 없겠죠. 이번엔 다섯 번째 장을 봐주세요."

"이건 바그너잖아요?"

"그렇습니다. 국왕의 벗이었던 혁명가지요. 만년의 성도 바그너는 식사 전에 기도까지 했다지요. 하지만 그 또한 기독교라기보다는 생활교 신도 가운데 한 사람이었어요. 바그너가 남긴 편지를 보면, 사바고가 이 성도를 얼마나 죽음 직전까지 내몰았는지 알 수 있거든요."

이때 전 이미 제6장 앞에 서 있었어요.

"이건 성도 스트린드베리의 친구입니다. 아이 많은 부인을 대신해서 열서너 살 되는 타히티 여자를 맞아들인 상인 출신의 프랑스 화가입니다. 이 성도의 굵직한 혈관 속에는 뱃사람의 피가 흐르고 있어요. 입술을 한 번 봐주세요. 비소인지 뭔지 모를 흔적이 남아 있잖아요. 제7장에 있는 건…… 이제 당신도 지쳤군요. 그럼, 이쪽으로 와보세요."

실제로 몹시 지쳐있던 전, 랩과 함께 노인을 따라 향 내음 풍기는 복도 끝자락 어느 방으로 들어갔습니다. 작은 방 한 귀퉁이에는 검은 비너스상 아래로 산포도가 한 송이 놓여 있었어요. 아무런 장식도 없는 승방을 상상하고 있던 저로서는 좀 의외였습니다. 노인장은 그런 내 마음을 눈치챘는지 가엾게도 의자를 권하는 것도 잊은 채 설명을 이어 나갔습니다.

"아무튼 우리네 종교가 생활교라는 건 잊지 마세요. 우리가 믿는 신 ― '생명의 나무'의 가르침은 '왕성하게 살지어라.'이니까요. ……랩 씨, 당신은 이분한테 우리의 성서를 보여드렸나요?"

"아니요. ……실은 저도 읽어본 적이 없어요."

랩은 머리에 얹힌 접시를 긁적거리며 솔직하게 대답했습니다. 그래도 노인은 여전히 조용한 미소를 머금고는 이렇게 말했어요.

"그래서는 제대로 이해할 수가 없잖아요. 우리가 믿는 신은 하루 만에 이 세상을 만들었어요.('생명의 나무'는 비록 나무지만 이루지 못하는 게 없어요.) 어디 그뿐입니까. 암컷 갓파도 만들었지요. 그런데 그렇게 만들어진 암컷은 지루한 나머지 수컷 갓파를 찾아다녔어요. 우리 신은 이를 불쌍히 여겨 암컷의 뇌수를 뽑아 그것으로 수컷을 만들었지요. 신은 이 두 마리의 갓파에게 '먹어라, 교합하라, 왕성하게 살지어라.' 하고 축복을 내렸습니다……."

그렇게 노인의 말을 듣고 있자니 문득 시인 톡이 떠올랐습니다. 시인 톡은 불행하게도 저와 마찬가지로 무신론자입니다. 갓파가 아닌 제가 생활교를 모르는 건 당연하죠. 그러나 갓파 나라에서 태어난 톡이 '생활의 나무'를 모를 리 없잖아요. 전 이 종교에 따르지 않은 톡의 마지막이 가엾어서 노인장의 말을 가로채듯 얘기에 끼어들었습니다.

"저, 죄송합니다만, 불쌍한 시인 말인데요."

제가 톡의 얘기를 꺼내자 노인은 깊은 한숨을 내쉬었습니다.

"우리의 운명을 결정짓는 건 신앙과 우릴 둘러싼 환경과 우연 뿐입니다.(하긴 당신네는 여기에 유전도 넣죠.) 불행하게도 톡 씨는 신앙심이 없었고요."

"톡 군은 당신이 부러웠을 거예요. 아니, 저도 당신이 부러워요. 랩 군은 아직 젊어서……."

"저도 부리만 멀쩡하다면야 낙천적으로 생각했을지도 모르죠."

노인은 또다시 휴 하고 한숨을 내쉽니다. 그러고는 눈에 눈물이 그득해서는 하염없이 검은 비너스만 바라봅니다.

"사실 저 역시 ― 이건 제 비밀인데요, 아무쪼록 다른 사람한테는 말하지 않았으면 합니다. ― 실은 저 또한 신을 믿고 있는 건 아닙니다. 하지만 언젠가는 제 기도가 ―"

바로 그때입니다. 방문이 열리는가 싶더니 커다란 암컷 갓파 한 마리가 나타나서는 노인장에게 달려들지 뭡니까. 우린 당연히 이 암컷 갓파를 말리려 했죠. 하지만 암컷은 진작에 노인장을 마루 위에 쓰러트렸어요.

"이 늙은이! 오늘도 내 지갑에서 한잔 걸칠 돈을 훔쳐 갔지!"

그리고 10분쯤 지났을까, 우린 딱히 도망칠 생각도 아니면서 이들 노인 부부만 남겨둔 채 대사원 현관을 내려가고 있었습니다.

"저러면 어디 노인장이 '생명의 나무'를 믿을 수 있겠어요?"

얼마간 말없이 걷던 랩은 저에게 이렇게 말했어요. 하지만 전 대답 대신에 저도 모르게 대사원 쪽을 뒤돌아보고 있었습니다. 사원은 잔뜩 흐린 하늘에 언제나처럼 높다랗게 치솟은 탑이랑 둥근 지붕을 무수히 많은 촉수 모양으로 뻗치고 있었어요. 사막 한가운데 신기루처럼 어딘지 모르게 꺼림칙한 기운이 감돈 채로……

열다섯

　그로부터 얼추 일주일이 지난 어느 날, 전 의사 책한테 뜻밖의 얘기를 들었습니다. 그 이상한 얘기가 뭐냐 하면, 얼마 전 죽은 톡네 집에서 유령이 나온다는 말이었어요. 그런 말이 나올 즈음 암컷 갓파는 이미 어디론가 사라져 버렸고, 우리 친구 시인의 집도 어느 사진사가 스튜디오로 쓰고 있었어요. 책이 들려준 얘기는 대충 이랬습니다. 이 스튜디오에서 사진만 찍으면, 손님 뒤로 희미한 톡의 모습이 함께 나온다는 거였어요. 책은 물질주의자라서 사후의 생명 따위 믿을 리 없죠. 그는 이 얘기를 전할 때도 악의로 가득한 미소를 던지며 '영혼이라는 것도 물질적 존재로밖에는 나타날 수 없는 거군요.' 하면서 해석 아닌 해석을 내놓았거든요. 저 또한 책과 마찬가지로 유령 따위 믿지 않아요. 그래도 시인 톡이 나왔다는 말에 반가워서 얼른 책방으로 달려가, 톡의 유령에 관한 기사나 유령 사진이 나온 신문이랑 잡지를 사 왔습니다. 과연 사진에는 어딘지 모르게 톡을 닮은 갓파 한 마리가 늙거나 혹은 젊은 남녀 갓파 뒤편에 흐릿하게 모습을 내비치고 있었어요. 그러나 제가 놀란 건 톡의 유령 사진이 아니었습니다. 그보다는 톡의 유령에 관한 기사 — 그중에서도 톡의 유령에 관한 심령학협회의 보고서였어요. 여기서 가능한 원문의 한 구절 한 구절을 본래 뜻에 충실하게 번역한 대략의 내용을 아래에 싣도록 하겠습니다. 단, 괄호 안에 쓴 글은 제가 덧붙인 주석입니다. —

시인 톡 군의 유령에 관한 보고서(심령학협회 잡지 제8274호 소재)

우리 심령학협회는 지난번 자살한 시인 톡 군의 옛집, 현재는 ××사진사의 스튜디오가 된 □□거리 제251호에서 임시조사회를 개최했다. 참석한 회원은 아래와 같다. (성명은 생략한다.)

우리 17명의 회원은 심령학협회장 펙 씨와 함께 9월 17일 오전 10시 30분, 우리가 가장 신뢰하는 미디엄 호프 부인을 동반하여 해당 스튜디오에 모였다. 호프 부인은 이 스튜디오에 들어서자마자 바로 심령이 감돌고 있음을 감지하고서는, 전신 경련을 일으키며 여러 차례 구토를 일으켰다. 부인의 말에 따르면, 시인 톡 군이 담배를 너무 사랑한 나머지 그의 심령에도 독한 니코틴이 섞여 있어 그 냄새를 맡았기 때문이라고 한다.

우리 회원은 호프 부인과 함께 원탁을 둘러싸고 말없이 앉았다. 부인은 3분 25초가 지나자 급격하게 몽유상태로 빠져들더니, 즉시 시인 톡 군의 심령이 빙의했다. 우리 회원은 연령순에 따라 부인에게 빙의한 톡 군의 심령과 아래와 같은 문답을 개시했다.

질문: 넌 어째서 유령이 되어 나타나는가?

대답: 사후의 명성을 알기 위해서다.

질문: 자네―혹은 심령 제군은 사후에도 명성을 갈망하는가?

대답: 적어도 난 원한다. 하긴 우연히 만나본 일본의 시인 가운데 사후의 명성을 경멸한 사람이 있긴 했지.

질문: 그자의 이름을 아는가?

대답: 다행히도 기억나지 않는다. 지금은 그저 그가 즐겨 만든

17글자 시 가운데 한 수만 기억날 뿐이다.

질문: 어떤 시인데?

대답: '적막한 옛 못 개구리 뛰어드네 첨벙 물소리古池や蛙飛びこむ水の音'

질문: 넌 그 시가 뛰어나다고 보느냐?

대답: 꼭 그런 건 아니지만, 그렇다고 해서 졸작은 아니지. 단지 '개구리'를 '갓파'로 고치면 훨씬 광채가 살아날 텐데.

질문: 왜 그렇게 생각하는데?

대답: 우리 갓파는 그 어떤 예술에서도 뼈에 사무칠 정도로 갓파를 찾거든.

바로 이때 회장 펙 씨가 우리 17명 회원에게 이 자리는 심령학 협회 임시조사회로 합평회가 아님을 명심하라고 말했다.

질문: 심령 제군의 생활은 어떠한가?

대답: 당신들 생활과 별반 다르지 않다.

질문: 그 말은 자네가 자살한 것을 후회한다는 뜻인가?

대답: 꼭 그런 건 아니다. 난 심령으로 사는 생활에 권태로움을 느끼면 바로 피스톨로 자활自活할 생각이니까.

질문: 다시 살아나는 건 쉬운 일인가? 아니면 어렵나?

톡 군의 심령은 이 질문에 대답하는 대신 질문을 던졌다. 평소 톡 군을 아는 자라면 이런 식의 반응은 무척 자연스럽게 느껴질 것이다.

대답: 그렇다면 자살하는 건 쉬운가? 어려운가?

질문: 제군의 생명은 영원한가?

대답: 우리의 생명에 관해서는 의견이 분분하여 다 믿을 수는 없다. 다행히 우리가 믿는 것 가운데 기독교, 불교, 모하메드교, 배화교 등 종교가 여럿 있다. 이 사실을 잊지 말지어라.

질문: 너는 무엇을 믿는가?

대답: 나는 늘 회의주의자였다.

질문: 말은 그렇게 해도 심령의 존재만큼은 의심치 않겠지?

대답: 당신들과 마찬가지로 확신할 수는 없다.

질문: 교우관계는 어떠한가?

대답: 난 동서고금을 막론하고 3천 명은 족히 넘는 벗이 있다. 잘 알려진 자만 들자면 클라이스트, 마인랜더, 바이닝거…….

질문: 자살한 자만 네 친구가 될 수 있는가?

대답: 반드시 그런 건 아니다. 자살을 변호한 몽테뉴와 같은 인물은 내가 존경하는 벗 가운데 한 사람이다. 다만, 자살하지 않는 염세주의자—쇼펜하우어와 같은 무리와는 교제하지 않는다.

질문: 쇼펜하우어는 건재한가?

대답: 심령과 연관된 염세주의를 수립한 그는 자활할지 말지 한창 논의 중이다. 용케도 콜레라가 박테리아 때문에 발생한다는 사실을 알아내서 지금은 걱정 없이 잘살고 있다.

우리 회원은 이어서 나폴레옹, 공자, 도스토옙스키, 다윈, 클레오파트라, 석가, 데모스테네스, 단테, 센노 리큐千の利休 등의 심령에 대한 소식을 물었다. 그러나 불행하게도 톡 군한테서는 상세한 답변을

들을 수 없었다. 그의 관심은 오로지 자신에 관해 떠도는 이런저런 가십에 가 있었다.

질문: 나에 대한 사후의 명성은 어떠한가?

대답: 어느 비평가는 '군소시인 중 한 사람'이라 평했다.

질문: 그자는 내가 시집을 보내지 않은 데 원한을 품은 게 분명하다. 내 전집은 출판되었는가?

대답: 출판은 되었지만, 팔림새는 썩 좋지 않다.

질문: 내 전집은 300년 이후 — 그러니까 저작권이 사라지고 난 후에야 만인이 살만한 것이다. 나와 동거했던 여자 친구는 어찌 됐나?

대답: 그녀는 책방 랙 군의 부인이 되었다.

질문: 불행하게도 그녀는 아직 랙의 눈이 가짜라는 사실을 모르고 있다. 내 아이는 어떻게 지내는가?

대답: 국립보육원에 들어갔다고 들었다.

질문: 우리 집은 어떻게 되었나?

대답: 모 사진사의 스튜디오가 되었다.

질문: 그럼, 내 책상은?

대답: 그것까지는 잘 모르겠다.

질문: 나는 내 책상 서랍에 비장의 편지 한 묶음을 남겼다. — 하긴 이런 사실은 공사다망한 여러분이 관여할 바가 아니지. 다행으로 생각한다. 이제 곧 우리 심령계는 황혼의 어둠 속으로 사라질 것이다. 헤어질 시간이다. 그럼, 안녕히. 나의 선량한 친구들이여.

열여섯

이런 기사를 접한 전, 이 나라에서 사는 것도 우울해져서 우리 인간 세상으로 돌아가고 싶어졌습니다. 그러나 어찌 된 영문인지 아무리 찾아 돌아다녀도 제가 떨어진 구멍이 보이질 않아요. 그런 와중에 예의 어부 갓파 백으로부터 마을 변두리에 사는 어느 나이 든 갓파에 대한 얘기를 들었어요. 그 갓파는 책을 읽기도 하고 피리를 불기도 하면서 조용히 지내고 있답니다. 전 이 갓파에게 물어보면 어쩌면 이 나라에서 벗어날 길도 찾을 수 있지 않을까 싶어서 재빨리 그 노인네한테 달려갔습니다. 그러나 막상 당도하고 보니 너무나도 작은 집 안에서 늙기는커녕 아직 머리 위 접시도 굳지 않은, 겨우 열두세 살로 보이는 갓파 한 마리가 유유히 피리를 불고 나오지 뭡니까. 집을 잘못 찾아왔다고 생각한 전 혹시나 하고 이름을 물어봤는데, 놀랍게도 백이 가르쳐준 대로 나이 든 갓파가 맞았어요.

"당신은 아직 어린아이로 보이는데요……."

"넌 아직 날 잘 모르는구나. 어찌 된 운명인지 난 어머니 뱃속에서 나올 때부터 백발이었어. 크면서 점점 젊어지더니 지금에 와선 이렇게 아이처럼 돼 버렸지. 이래 봬도 태어나기 전 나이를 예순이라 쳐도 그럭저럭 백 살 하고도 열대여섯 살은 족히 넘을걸."

전 방안을 둘러봤습니다. 제 기분 탓인지는 몰라도 검소한 의자와 테이블 사이로 무언가 맑고 깨끗한, 행복이 충만한 기운이 맴돌고 있는 것처럼 느껴졌습니다.

"아무리 봐도 당신은 다른 갓파들에 비해 행복하게 지내는 것 같아요."

"그럴지도 모르지. 난 젊었을 때는 이미 늙어 있었고, 나이가 들어서는 젊은이가 되었지. 따라서 노인처럼 욕망에 사로잡히지 않고 젊은이처럼 색을 밝히지도 않아. 내 생애는 행복했다고 말할 수 없을지는 몰라도 평온했던 건 분명해."

"그렇게 말할 정도면 평온한 게 맞겠죠."

"아니, 그 정도로는 뭔가 부족해. 난 몸도 건강하고 평생 먹고 살기에 부족함이 없을 만큼 재산도 있어. 그중에서도 가장 다행으로 생각하는 건 태어나는 순간부터 노인이었다는 거지."

그렇게 얼마간 전 이 갓파와 자살한 톡과 매일 의사를 찾아가는 게엘에 대해 대화를 나누었습니다. 그러나 어째서인지 나이 든 갓파는 제 얘기에 별로 흥미를 느끼지 않는 눈치였어요.

"요컨대 당신은 다른 갓파들과 달리 사는 일에 그리 집착하지 않는다는 말이군요?"

노인 갓파는 제 얼굴을 쳐다보면서 조용히 이렇게 대답했습니다.

"나 역시 다른 갓파와 마찬가지로 부친이 이 나라에 태어날지 말지 내 의사를 물어보고 난 뒤에 모친의 배에서 나왔어."

"그런데 전 어쩌다 실수로 이 나라로 굴러떨어졌어요. 그러니 여기서 나갈 길을 가르쳐주세요."

"밖으로 나가는 길은 하나밖에 없어."

"그곳이 어딘데요?"

"그건 네가 여기로 온 그 길이지."

이 말을 들은 전 왠지 모르게 소름이 돋았습니다.

"그 길이 좀처럼 안 보여서 그렇죠."

이렇게 대답하자 나이 든 갓파는 제 얼굴을 빤히 쳐다봤습니다. 그러더니 간신히 몸을 일으켜서 방 한구석으로 가서는 천장에 매달려 있는 그물 한 가닥을 잡아당겼어요. 그러자 지금까지 거기 있는지조차 몰랐던 천창 하나가 열리지 뭡니까. 둥그런 창문 밖에는 소나무랑 편백나무가 가지를 뻗친 건너편으로 드넓은 하늘이 푸릇푸릇 펼쳐져 있었어요. 거기에 커다란 화살촉을 닮은 야리가타케 봉우리도 우뚝 솟아있고요. 전 비행기를 처음 본 어린아이처럼 어쩔 줄 몰라 하며 하늘 높이 뛰어올랐습니다.

"자, 저쪽으로 나가면 돼."

갓파 노인은 이렇게 말하면서 조금 전 잡아당긴 그물을 가리킵니다. 그때까지 제가 그물로 안 물건은 사실 그물 사다리였어요.

"그럼 저리 나가겠습니다."

"그전에 한 가지 말해둘게. 출구로 나간 다음에 후회하지 않도록."

"걱정하지 마세요. 후회 따위 하지 않을 테니."

제 몸은 채 대답이 끝나기도 전에 이미 그물 사다리를 기어오르고 있었습니다. 노인의 머리 위 접시를 아득히 멀리서 내려다보면서.

열일곱

갓파 나라에서 돌아온 전 얼마간 우리 인간의 피부 냄새로 힘들었습니다. 인간에 비하면 갓파는 정말로 청결했더라고요. 게다가 갓파만 보던 저에게 우리 인간은 너무나도 기분 나쁘게 느껴졌습니다. 당신은 제가 무슨 소릴 하는지 이해하기 어려울 거예요. 눈이랑 입은 그렇다 치더라도 코는 정말이지 무섭기 짝이 없는걸요. 그러니

가능한 아무도 만나려 들지 않을 수밖에요. 하지만 어느새 우리 인간도 익숙해졌는지 반년이 지나자 어디든 나다닐 수 있게 되었습니다. 단 한 가지 절 곤란하게 만든 건, 말하는 사이 저도 모르게 갓파 나라 말이 불쑥 튀어나오는 거였어요.

"내일은 집에 있을 건가?"

"Qua"

"뭐라고?"

"아무것도 아냐. 그냥 집에 있을 거라는 말이야."

뭐, 대충 이런 식입니다.

그러나 갓파 나라에서 돌아온 지 1년쯤 되었을 때, 제가 사업에 실패하는 바람에……

(S 박사는 그가 이렇게 말하자 '그 얘기는 그만둬.'라며 바로 주의하라고 경고했다. 박사의 말인즉슨 그는 이 얘기를 꺼내기만 하면, 간호사의 도움도 먹히지 않을 만큼 난폭해진다고 한다.)

그럼 그 얘기는 그만두죠. 하지만 사업에 실패하는 바람에 전 갓파 나라로 되돌아가고 싶어졌어요. 그래요. 그냥 '가고 싶다.'가 아니라 '되돌아가고 싶다.'라고 생각했어요. 당시 저에게 갓파 나라는 고향처럼 느껴졌으니까요.

전 몰래 집을 빠져나와 중앙선 기차를 타려고 시도했습니다. 그때 운 나쁘게 순사한테 붙들려서는 병원 신세를 지게 됐지 뭡니까. 전 입원하는 순간에도 온통 갓파 나라에 관한 생각밖에 없었어요. 의사 책은 어떻게 지내는지? 지금쯤 철학자 맥은 늘 그래왔듯이 일곱 빛깔 유리 랜턴 아래서 무언가 생각하고 있겠지. 그중에서도 친구였던 부리가 썩은 학생 랩은 ― 오늘처럼 흐린 어느 날 오후였어요. 이렇게 추억에 잠겨 있던 전 하마터면 소리를 지를 뻔했습니다. 왜냐하면, 언제 찾아왔는지 백이라는 어부 갓파 한 마리가 제 앞에 멈춰 서서는 몇 번이고 머리를 끄덕였기 때문입니다. 진정을 되찾은 전 — 그 순간 제가 웃었는지 울었는지 도무지 기억이 나질 않습니다. 다만, 한 가지 오래간만에 갓파 나라 말을 쓸 수 있게 되어 울컥했던 건 똑똑히 기억납니다.

"이봐, 백. 어떻게 왔어?"

"그게, 그냥 문병 차 올라왔어요. 병에 걸렸다고들 하니까."

"어떻게 알았어?"

"라디오 뉴스에서 들었어요."

백은 이렇게 말해놓고는 우쭐해져서 웃지 뭡니까.

"용케 잘 찾아왔네?"

"뭐, 별것 아녜요. 도쿄의 하천이나 개천 따위 갓파에게는 길거리를 오가는 것과 같으니까요."

그제야 전 갓파도 개구리처럼 물과 뭍 양쪽 다 살 수 있는 동물이라는 데 생각이 미쳤습니다.

"그래도 이 근처에 강은 없을 텐데."

"강을 거스른 게 아니라 수도 철관을 빠져나왔어요. 그리고 바로 소화전을 살짝 열어……."

"소화전을 열었다고?"

"어르신 기억 안 나요? 갓파 중에도 기계공이 있다는 사실을."

그날 이후로 갓파들은 이삼일에 한 번씩 절 찾아왔어요. S 박사가 말하길 제 병명은 조현병이랍니다. 그러나 의사 책은(이렇게 말하면 당신에게 꽤 실례가 되겠지만) 분열증 환자는 제가 아니라 S 박사를 비롯한 당신들이라고 합니다. 의사 책도 절 찾아올 정도니까 학생 랩이랑 철학자 맥이 병문안 차 들른 건 상상할 수 있겠지요. 그래도 점심때는 어부 백 말고는 아무도 못 와요. 특히 두서넛이 함께 올 때는 밤 — 그것도 달이 뜬 밤입니다. 전 엊저녁에도 달이 훤히 밝혀주는 가운데 유리회사 사장 게엘이랑 철학자 맥과 함께 이야기를 나눴어요. 음악가 크라백이 바이올린으로 한 곡 켜주기도 했어요. 자, 보세요. 저쪽 책상 위에 흑 백합 한 다발이 놓여 있죠? 그것도 엊저녁에 크라백이 선물로 가져온 거예요……

(난 뒤를 돌아봤다. 하지만 책상 위에는 꽃다발은커녕 아무것도 없었다.)

그리고 이 책도 철학자 맥이 일부러 가져다준 겁니다. 시의 첫 부분을 잠시 읽어보세요. 아니, 당신이 갓파 나라 말을 알 리가 없죠. 그럼 제가 대신 읽어드리죠. 이것은 일전에 출판된 톡의 전집 가운데 한 권입니다. —

(그는 낡은 전화번호부를 펼치더니 아래의 시를 큰 소리로 읽기 시작했다.)

야자나무랑 대나무 안에서
부처는 잠든 지 이미 오래다.

길가에 말라비틀어진 무화과와 함께
예수도 이미 죽었다.
그래도 우리는 잠시 걸음을 멈추고 휴식을 취해야만 한다.

비록 그곳이 잔디밭 무대 앞일지라도.

(무대 뒤를 본다 한들 여기저기 해지고 찢어진 캔버스가 있을 뿐
이다!)

그렇다고 해서 제가 이 시인처럼 염세적인 것은 아녜요. 갓파
들이 가끔 찾아만 와준다면야, ─ 참, 깜빡하고 있었네요. 당신은
제 벗이었던 재판관 펩을 기억하지요. 그가 실직한 이후 진짜로 발
광하고 말았대요. 얼핏 전해 듣기로는 갓파 나라 정신병원에 들어가
있다더군요. S 박사만 허락해준다면 찾아가 위로해주고 싶은데 말
이죠…….

지옥변(地獄変)

하나

호리카와堀川의 영주님 같은 분은 지금까지는 물론이거니와 앞으로도 볼 수 없을 겁니다. 떠도는 소문으로는 그분이 태어나시기 전, 모친의 꿈속에 문수보살의 화신인 대위덕명왕大威德明王이 나타났다나 뭐라나. 아무튼 태생부터 남들과는 사뭇 달랐다는군요. 이러하니 그분이 하신 일은 무엇 하나 우리에게 알려지지 않은 것이 없습니다. 호리카와 대지의 규모만 해도 그래요. 장대하달지 호방하달지 감히 우리 같은 사람은 짐작할 수조차 없는 범상치 않은 구석이 있는 듯해요. 개중에는 영주님의 품행을 놓고 진시황제나 수양제에 빗대어 이러쿵저러쿵 덧붙이는 이도 있습니다만, 옛말로 하자면 장님 코끼리 만지는 격이라고나 할까요? 그분은 결코 자기만 부귀영화를 누리겠다고 하실 분이 아니라는 말입니다. 자신보다 아랫사람을 더 챙기는, 말하자면 천하를 모두 함께 나누고자 하는 도량 넓은 분이십니다.

그러니까 니조 오미야二条大宮에 나돌아다닌다는 온갖 잡귀를 밤에 맞닥트려도 아무렇지 않았겠지요. 어디 그뿐인가요. 한밤중에 미치노쿠陸奧의 시오가마塩竈 풍경을 베낀 거로 유명한 히가시산조東三条의 가와라노인河原院에서 불쑥불쑥 나타난다는, 도오루融 좌대신의 혼령조차 영주님의 노하심을 본다면 냉큼 달아날 게 틀림없습니다. 그분의 위세가 이러할지니 남녀노소 가릴 것 없이 도성 안 모든 이들이, 그분을 두고 부처가 환생한 것이라며 우러러본 것도 무리는 아니겠지요. 언젠가 매화를 주제로 열린 연회가 끝나고 돌아오는 길에, 수레를 끌던 소고삐가 풀려서 마침 지나가던 노인이 다쳤을 때만 해도 그래요. 합장하며 영주님 소에 걸렸다며 몸 둘 바를 몰라 쩔쩔맨 건 오히려 노인네라니까요.

이러할지니 그분의 살아생전은 물론이거니와 돌아가신 이후에도 이야깃거리는 한가득하지요. 대향연에 와준 답례로 백마 서른 필을 선사한 예도 있고, 나가라長良 교각 기둥에 가장 귀히 여기던 아이를 제물로 세워둔 적도 있습지요. 바다 건너 신단震旦에서 화타華陀의 의술을 전한 승려의 힘으로 천연두까지 물리쳤을 정도니 일일이 말하자면 끝이 없습죠. 하지만 그 많은 일화 가운데 지금은 집안의 가보가 된 지옥변상地獄変相을 그린 병풍의 유래만큼 끔찍한 얘기는 또 없을 겁니다. 평소 마음의 동요가 거의 없는 영주님조차 경악을 금치 못했을 정도니, 곁에서 모시던 우리 같은 것들은 말해 무엇하겠습니까. 영주님을 20년 가까이 곁에서 모셔 온 저로서도 간담이 서늘해진 건 그때가 처음이자 마지막이었습니다.

그 얘기를 드리기에 앞서 지옥에서 중생들이 고통받는 지옥변을 그린 요시히데良秀라는 화공이 어떤 사람인지 말씀드리는 게 순서겠지요.

둘

　요시히데로 말할 것 같으면, 어쩌면 아직 그 사내를 기억하는 분이 계실지도 모르겠습니다. 당시 붓을 든 자 가운데 요시히데와 견줄 이 아무도 없다고 할 만큼 잘 알려진 화공이었으니까요. 그때 그 일이 벌어질 당시는 오십 줄에 들어섰으려나. 키 작고 뼈만 앙상한 게 심술궂게 생긴 노인이었습니다. 그런 그가 영주님을 찾아뵐 때는 자줏빛 가리기누狩衣를 걸친 데다 모미에보시採鳥帽子까지 쓰고 나름 격식을 차렸지 뭡니까. 하지만 본디 태생이 미천한지라 점잖은 기색이라고는 찾아볼 수 없고, 불그죽죽한 그 입술을 보고 있자면 마치 한 마리의 짐승 같아 꺼림칙한 마음이 앞섭니다. 듣자 하니 붓을 핥아서 물든 거라 합디다만, 어찌 된 영문인지는 잘 모르겠습니다. 개중에 입이 건 사람들은 요시히데의 행동거지가 원숭이 같다며 '원숭히데'라는 별명을 달기도 했습죠.

　기왕 원숭히데라는 말이 나왔으니 말씀드려야겠네요. 당시 영주님이 다스리던 영내에는 열다섯 먹은 요시히데의 외동딸이 시녀로 들어와 있었는데, 아비와 달리 붙임성이 좋은 아가씨였습죠. 게다가 일찍이 어미를 잃은 탓인지 생각도 깊고 현명하기가 이를 데 없어요. 어린데도 매사에 사리 분별이 분명하니 주인마님은 물론이거니와 시녀들의 귀여움을 한 몸에 받았습죠.

　그런데 어느 땐가 단바丹波에서 헌상한 원숭이를 본 장난꾸러기 도련님이, 사람 손을 탄 그 원숭이를 보고 '요시히데'라 부르지 않았겠어요. 우스꽝스러운 원숭이한테 딱 어울리는 요시히데 소릴 들은 사람들은 웃음이 터지곤 했지요. 그냥 웃음거리로 넘기면 되었을 텐데, 그걸 또 장난삼아 "저쪽 마당 좀 봐, 소나무 위에 올라갔잖

지옥변(地獄変)

아.", "이런, 방바닥을 더럽혔구먼." 하며 사사건건 '요시히데'를 불러 제끼며 한통속이 되어 괴롭혔지 뭡니까.

그러던 어느 날, 앞서 말한 요시히데의 외동딸이 붉은 매화 가지로 곱게 엮은 서간을 들고 긴 복도를 지나가고 있었는데, 저 멀리 미닫이문 건너편 쪽에서 예의 새끼 원숭이인 요시히데가 보였어요. 그런데 어디 다리라도 접질린 것인지 절뚝거리면서도 부리나케 꽁무니를 내빼지 뭡니까. 보통 때와는 사뭇 다르게 기둥에 매달릴 기력도 없어 보였어요. 그 뒤로 도련님이 회초리를 쳐들고는 "귤 도둑! 어딜 가느냐. 게 서지 못할까!" 하고 외치며 쫓아왔고요. 이 광경을 본 요시히데의 여식은 잠시 망설였습니다. 그러나 자신을 향해 달려온 원숭이가 치마폭에 매달리며 애원하자 불쌍한 마음에 도저히 뿌리칠 수가 없었겠지요. 한 손으로 매화 가지를 받쳐 든 채, 바림으로 보랏빛 짙어가는 우치기[*] 소맷자락을 활짝 펼쳐서는, 그 안으로 원숭이를 안아 올리며 도련님 앞에 허리 굽혀 "아뢰옵기 송구하오나 아무것도 모르는 짐승이옵니다. 부디 용서하여 주시옵소서." 하며 또박또박 말했습지요.

하지만 도련님도 도련님대로 기를 쓰고 뒤쫓아온 터라 꽤 난처한지 두세 번 발을 동동 굴리시더니

"그렇게 감싸는 까닭이 무엇이냐? 내 귤을 훔쳐 간 놈이란 말이다!"

"한낱 짐승에 불과하오니……."

다시 한번 간청한 그녀는 쓸쓸한 미소를 띠며

"게다가 이 원숭이를 다들 요시히데라 부르니, 마치 제 아비가 벌을 받는 듯하여 마냥 두고 볼 수도 없습니다."라며 이참에 말해둘

작정인지 주저함이 없습니다. 그녀의 기세가 이러하니 도련님도 더는 밀어붙일 수 없었겠지요.

"그런가? 아비의 목숨을 구걸하는 거라면 내 용서토록 하지." 하며 마지못해 들고 있던 매를 내려놓고는 본래 계시던 방으로 발걸음을 돌리셨습니다.

셋

이때부터 요시히데의 여식과 원숭이는 가까운 사이가 되었습니다. 계집은 아씨한테 받은 황금빛 방울을 곱디고운 진홍빛 끈에 매달아 원숭이 목에 걸어주었으며, 원숭이는 원숭이대로 좀처럼 계집 주위를 벗어나질 않았어요. 그 아이가 고뿔이 들었는지 잠자리에서 일어나지 못할 때도 머리맡을 지키며 애꿎은 손톱만 물어뜯고 있었지요. 그렇게 봐서 그런지 어딘지 모르게 불안해 보였습니다.

일이 이렇게 되고 나니, 아무도 예전처럼 원숭이 새끼를 괴롭히지 않았어요. 게다가 어느새 사람들로부터 귀여움까지 받더니 원숭이를 잡겠다고 길길이 날뛰던 도련님마저 기분이 내키면 감이나 밤을 던져주셨어요. 행여라도 몸종 가운데 누군가 원숭이를 발로 걷어차기라도 하면 역정도 내셨다니까요. 이후 영주님께서 요시히데의 여식에게 원숭이를 안고 문안 인사 오라 전갈을 넣은 것도, 다 도련님께서 역정을 내신 얘기를 들어서였습죠. 그러는 사이 자연스럽게 그 아이가 원숭이를 귀히 여기는 까닭도 알게 되셨겠지요.

"효녀로구나. 상을 내려야겠다."

그 아이가 상으로 다홍빛 아코메[註]를 하사받은 내막은 이러합니다. 어깨너머로 바라보던 원숭이가 영주님이 주신 옷을 공손히 받들 때는 무척이나 흡족해하셨어요. 이러하니 영주님이 요시히데의 여식을 어여삐 여긴 건, 순전히 원숭이를 가여워한 효심에 따른 것이지 세상 사람들이 이러쿵저러쿵 떠들어대듯 여색을 밝혀서가 아니란 말입니다. 물론 마냥 허황한 소문은 아니지만, 그 얘기는 기회를 봐서 나중에 드리도록 합죠. 무엇보다 영주님은 제아무리 아리따운 여인일지라도 궁중 화공의 여식 따위에 연모의 정을 품을 분이 아니십니다. 다른 건 몰라도 이것 한 가지는 분명히 말씀드릴 수 있어요.

요시히데의 여식은 여식대로 말이죠. 본디 영민한 구석이 있는 아이라 영주님을 알현하고도 어쭙잖은 바깥 시녀들로부터 시샘 살 일을 만들지 않았어요. 그렇기는커녕 그 일이 있고 나서는 원숭이와 한 몸이 되어 모두의 사랑을 독차지했답니다. 아가씨가 계신 곳에는 으레 계집이 있으려니 할 정도였어요. 아가씨가 어디 행차라도 나서시면 늘 곁에서 시중을 들었습지요.

이쯤에서 이 계집아이의 얘기는 접고, 아비인 요시히데에 대해 아뢰겠습니다. 시골에서 막 올라온 원숭이도 너 나 할 것 없이 이처럼 좋아들 하면서 정작 요시히데는 다들 꺼려 은근히 따돌리면서 원숭히데 소리를 달고 살았습죠. 도성 안 사람들만 그런 게 아녜요. 요가와橫川에 사는 승관님도 요시히데 소리를 들으면 마치 불도의 수행을 막는 악귀라도 맞닥뜨린 듯 안색이 싹 바뀌며 증오심을 드러내셨습니다.(듣자 하니 요시히데가 스님의 평소 행실을 익살맞게 그려 우스갯감으로 만들어서 그런 거라는데, 아랫것들이 시답잖게 입을 놀린 걸 수도 있으니 귀담아들을 얘긴 아닌 듯싶습니다.) 한 가지 분명한 건 그 사내의 세간 평판이 그리 좋지는 않았다는 거죠. 좋게 보는 이가 있다손 치더라도, 그건 그림쟁이 동료 두세 명 정도일까 혹은 그림은 알아도 그 사내의 됨됨이를 모르는 이가 고작일 터이옵니다.

사실 요시히데는 보이는 것만 미천한 것이 아니라, 남들이 싫어할 만한 못된 짓도 서슴지 않고 벌였습죠. 자업자득이라고나 할까요?

넷

여기서 못된 짓이란 다른 게 아니라 인색하고 정나미 떨어지게 툭툭거리며 수치심도 모를뿐더러 탐욕스럽기까지 한 — 아니지. 그중에서도 가장 심한 건 화공으로 장안 제일인자라도 되는 양 거만하게 구는 태도일 겁니다. 그림만 놓고 무례한 거면 어찌어찌 받아주겠는데, 예부터 전해온 관습이며 관례까지 깡그리 무시하며 억지 부리는 데는 두손 두발 다 들고 말지요. 이건 오랫동안 그의 제자였던 사람한테 들은 얘긴데, 어느 날 지체 높은 분 저택에서 항간에 소문이 자자한 히가키檜垣 무녀한테 신령이 내렸다는군요. 그런데 그 사내는 신탁 자리인데도, 아무 소리 못 들은 척 붓에 먹을 찍어 굿판이 한창인 여자의 경직된 표정에서 작은 움직임 하나 놓치지 않았다고 합니다. 어쩌면 그 사내 눈에는 신령님의 재앙도 어린아이 눈속임에 지나지 않았을지도 모르겠습니다.

그러니까 중생에게 복을 가져다준다는 길상천吉祥天을 천박한 꼭두각시 얼굴로 만들어 놓거나, 악귀를 물리친다는 부동명왕不動明王을 부랑배 모습으로 탈바꿈시키는 등 별짓 다 하는 거겠죠. 보다 못해 추궁이라도 할라치면 "요시히데가 그린 불상이 요시히데를 벌하다니 어디 가당키나 해?" 하고 되받아치며 눈썹 하나 까딱 안 해요.

늘 이런 식이니 제자라 해도 말리지도 못하고 지레 겁을 먹고 일을 그만둔 자도 여럿 있대요. — 한마디로 거만하기가 하늘을 찌른다고나 할까요? 아무튼 천하 모든 사람을 자기 발밑에 하찮은 인간으로 보는 그런 사내였습죠.

그 사내의 품행이 이렇다 보니, 재주가 아무리 뛰어나다고 한들 사람들이 높게 쳐줄 리가 있겠어요? 붓놀림이나 색을 다루는 솜씨가 남다른 재주도, 평소 사이가 좋지 않던 화공들 사이에서는 사기꾼이라 업신여기는 빌미가 되기 일쑤였습죠. 그들이 말하길 가와나리川成라든가 가나오카金岡와 같은 옛 장인의 붓이 닿은 곳은, 달이 떠오르기만 해도 문에 그린 매화에서 향이 나풀거리고 병풍에 새겨 넣은 궁중 행렬에서는 피리 소리마저 들려온다나 뭐라나. 아무튼 이런저런 미담으로 넘쳐나는데, 요시히데의 그림에 이르면 꺼림칙하고도 기묘한 풍문만 떠돕니다. 예컨대 그 사내가 용개사龍蓋寺 문을 화폭에 담았다고 칩시다. 그러면 그 문에 그려 넣은 다섯 환생五趣生死을 놓고도, 한밤중 그 문을 지나가면 천인天人의 한숨 소리를 듣게 될 거라는 둥 훌쩍이는 소리가 들려올 거라는 둥 별별 소리를 다 합니다. 아, 글쎄 시체 썩는 냄새를 맡았다는 사람도 있다니까요. 영주님의 명을 받잡고 그린 궁녀들의 니세에似繪만 해도 그래요. 그 사내가 초상화에 담은 여인은, 3년이 멀다고 죄다 혼이 빠져나간 듯 병들어 죽어 나간다지 뭡니까? 이를 두고 요시히데의 그림에 저주가 들었다고 말하는 이도 있어요.

하지만 좀 전에도 말씀드렸다시피 남의 얘기는 귓등으로도 안 듣는 사내다 보니, 사람들이 뒤에서 쑥덕일수록 요시히데의 괴팍함은 한층 더해져만 갔습니다. 어느 땐가 영주님께서 "추한 것에만 관심이 가는가 보네그려." 하며 농으로 던진 말에 당돌하게도 "그러하옵니다. 어쭙잖은 그림쟁이한테는 추함 속의 아름다움이 당최 보일 리가 없으니까요." 하며 말대꾸하지 뭡니까? 그것도 나이에 어울리지 않는 불그죽죽한 그 입술에 싸한 기운이 돌면서 말이죠. 제아무리 장안 제일의 화공이라 한들 감히 영주님 앞에서 그렇게 함부로 주둥이를 놀리다니. 스승의 거만함을 보다 못한 제자가 '지라영수智羅永壽'라며 뒤에서 수군댔을 정도라니까 말 다 했죠. 아시다시피 '지라영수'는 그 옛날 바다를 건너왔다는 괴수가 아닙니까.

그러나 이런 요시히데한테도 — 오만하기가 하늘을 찌르는 요시히데한테도 단 하나 사람다운 구석이 있었으니.

다섯

여기서 사람다움이란 다른 게 아니라, 요시히데가 외동인 시녀 아이를 이상하리만치 애정을 갖고 대한다는 겁니다. 조금 전에도 말씀드렸다시피, 마음이 따뜻한 그 아이는 아비를 생각하는 데 있어서 모자람이 없었지요. 그런데 그 사내의 자식 사랑 또한 이에 못지않아요. 어느 절이든 막론하고 단 한 번도 시주다운 시주를 한 적이 없는 그 사내가, 여식의 일이라면 옷이며 머리 장식이며 아끼지 않고 다 갖다 바치니 도무지 믿을 수가 있어야지요.

그것도 그저 그런 자식 사랑이 아녜요. 딸을 시집보낸다는 생각은 꿈에도 꿔본 적이 없고 혹여 누군가 계집아이를 험담했다는 소릴 들으면 부랑배를 풀어서라도 흠씬 두들겨 패야 직성이 풀릴 정도였으니까요. 그런 아이가 영주님의 부름을 받잡고 시녀가 된다니 아비의 심정이 어땠겠습니까? 불응할 수도 없으니 한동안 영주님 앞에서 못마땅한 기색을 숨길 수가 없었겠지요. 영주님이 계집의 아리따움에 끌려 아비가 원치 않는데도, 그 아이를 도성 안으로 들였다는 항간에 떠도는 소문은, 분명 저간의 사정을 아는 이들의 입에서 나온 것일 겝니다.

설령 소문이 사실이 아니라 해도, 요시히데가 이처럼 애지중지하는 외동딸을 성 밖으로 내보낼 궁리만 했다는 건 틀림없어요. 어느 땐가 영주님의 명을 받잡고 치고몬주稚児文殊를 화폭에 담았을 때도 그래요. 영주님께서 평소 총애하는 아이의 얼굴을 어린 문수보살이 쏙 빼닮은 것에 흡족해하시며 "상으로 그대가 원하는 것을 주리다. 말씀만 해보시오." 하고 높이 치하하자, 요시히데 주저하며 대답하길 "부디 제 여식을 성 밖으로 돌려보내 주시옵소서." 하고 넙죽 받지 뭡니까? 제아무리 호리카와 영주님의 총애를 받는다고 해도 그렇지! 이 세상에 영주님 앞에서 겁도 없이 시중을 그만 들고 싶다고 말하는 게 어딨습니까? 아니나 다를까. 아량 넓으신 영주님이지만 이번만큼은 비위를 거슬렸는지 물끄러미 요시히데의 얼굴만 바라보더니

"불가하오." 하고 툭 내뱉더니 황급히 그 자리를 뜨셨습니다. 이후로도 이런 일은 너덧 번 더 벌어졌습죠. 돌이켜보면 그때마다 요시히데를 대하는 영주님의 눈빛이 냉담해져 갔던 것 같습니다. 여식은 여식대로 아비가 걱정되었던지, 일없이 조시曹司에 머물 때는 우치기 소맷자락을 입에 물고 남몰래 눈시울을 적시곤 했다는군요. 그러는 와중에 영주님이 요시히데의 여식에게 연모의 정을 품고 있다는 소문이 나돌기 시작했습니다. 혹자가 말하길 지옥변 병풍의 유래도, 실은 계집이 영주님의 마음을 받아주지 않아서 생긴 거라는데,

130

천부당만부당한 소립니다.

제가 봤을 때 영주님이 요시히데의 여식을 출궁시키지 않은 까닭은, 순전히 그 아이의 안위가 걱정돼서지 다른 뜻은 없습니다. 그런 괴팍한 아비보다는 성에 두고 부족함 없이 살게 하는 게 낫겠다는 속정 깊은 생각인 게지요. 물론 마음씨 고운 그 아이를 어여삐 여긴 건 사실일 겝니다. 하지만 여색을 밝혀서라니 억지도 그런 억지가 없습니다. 모두 새빨간 거짓입지요. 아무튼 여식 때문에 아비인 요시히데가 영주님으로부터 미움을 한창 사고 있을 때였습니다. 무슨 생각이신지 느닷없이 요시히데를 불러 지옥변 병풍을 그리라 명하셨습니다.

여섯

저는 지옥변 병풍이라는 말만 들어도 눈앞에 무시무시한 풍경의 화폭이 펼쳐지는 듯합니다. 요시히데의 그것은 구도부터 남달

지옥변(地獄変)

랐어요. 우선 병풍 한 점 구석에 십왕十王을 비롯하여 권속眷屬 여럿을 작게 그리고서, 검산도수剣山刀樹도 불살라 집어삼킬 듯 크고 작은 홍련紅蓮 불꽃이 한가득 소용돌이치고 있어요. 군데군데 누렇거나 쪽빛으로 기운 당나라 저승사자 옷을 빼고는, 온통 활활 불타오르는 화염 빛인 거죠. 그 한가운데를 묵이 내달려 검은 연기와 금빛 가루로 휘몰아쳐서 만卍자 모양을 만들고 있고요.

이 정도의 붓놀림이면 사람들의 눈을 놀라게 하기에 충분하지요. 그런데 여기저기 지옥 불에 타서 괴로워하는 죄인들의 모습도 범상치 않아요. 그도 그럴 것이 요시히데는, 위로는 고관대작에서 아래로는 거지와 천민에 이르기까지, 신분을 망라하고 죄인 군상의 모습을 모조리 붓으로 옮겼던 겁니다. 휘황찬란한 속대만 봐도 가문이 짐작되는 덴조비토殿上人, 다섯 겹치마 두른 요염한 궁녀, 염주를 목에 건 승려, 다카아시다高足駄 신은 무사 초년생, 호소나가細長 차려입은 어린 몸종, 미테구라幣로 봉헌 채비하는 음양사 ― 일일이 말하자면 끝이 없습죠. 아무튼 인간이라는 인간은 죄다 활활 타오르는 불구덩이 속에서, 소와 말 형상을 한 옥졸한테 갖은 고초를 당하며, 마치 태풍 앞 낙엽처럼 혼비백산이 되어 사방으로 흩어졌습니다. 사스마타刺又 쇠끝에 먹이 걸려 거미만도 못하게 손발이 오그라든 여자는, 어디 무당이나 되는가 봅니다. 창이 가슴팍을 뚫고 지나가 박쥐처럼 거꾸로 매달린 저 사내, 별 볼 일 없는 변두리 관료인 나마즈료生受領인 게 분명해요. 어디 그뿐입니까? 쇠 회초리로 매 맞는 자가 있는가 하면 천근만근 바위에 짓눌린 자, 듣도 보도 못한 새 부리에 낚아채인 자, 독 품은 용 이빨에 잘근잘근 씹히는 자 ― 죄인의 수만큼 벌의 가짓수 또한 상당합니다.

이런 무시무시한 광경에서 으뜸은, 뭐니 뭐니 해도 짐승 이빨같이 날카로운 칼들이 즐비한 한가운데로 어릿어릿(하긴 그 칼 나뭇가지 꼬챙이에도 죽은 이들의 몸뚱이가 겹겹이 꽂혀 있었습니다만) 떨어지는 한 대의 소달구지일 겝니다. 지옥 바람 끝에 매달린 수레 창 발 앞으로 후궁, 아니지, 황태자비라 해도 믿을 만큼 화려하게 차려입은 시녀가 모습을 드러냅니다. 화염 속에서 칠흑 같은 삼단 머리채가 흐트러진 사이로 새하얀 목덜미도 보이고요. 괴로움이 극에 달한 여인이며 불길에 휩싸인 수레며 몸을 불태운다는 염열지옥炎熱地獄의 고통이 따로 없어요. 이 넓은 화폭이 담고 있는 어마어마한 공포가 이 여인 한 사람한테서 뿜어져 나온다고나 할까요? 이 그림은 보기만 해도 끔찍한 울부짖음이 귓가를 때릴 듯 그야말로 입신의 경지에 다다랐다고밖에 할 수 없습죠.

그러고 보니 이 그림이 세상에 나오려고 그런 무시무시한 일이 벌어졌던 모양입니다. 그렇지 않고서야 제아무리 요시히데라도, 어찌 그런 나락의 고통을 화폭에 담을 수 있었겠습니까? 그 사내는 이 병풍의 그림을 완성한 대가로 자신의 목숨마저 내놓아야 하는 참혹한 지경에 빠졌으니까요. 그가 그린 지옥은 장안 제일의 화공 요시히데가 언젠가 스스로 떨어질 지옥이었던 셈이지요……

지옥변 병풍이 하도 기이하다 보니 횡설수설 두서가 없었습니다만, 이쯤에서 영주님께서 요시히데에게 지옥도를 그리라 명한 뒷얘기로 넘어가 볼까 합니다.

일곱

영주님의 명을 받은 요시히데는 그로부터 대여섯 달 동안 집 안에만 틀어박혀 병풍 그리기에만 매달렸습니다. 그토록 여식을 애지중지하는 사내지만, 일단 붓을 잡으면 계집아이는 안중에도 없다고 하니 참, 이상도 하지요. 여기서 다시 제자의 입을 빌자면, 그 사내는 일을 시작했다 하면 흡사 여우에 홀리기나 한 듯 푹 빠져든다지 뭡니까? 실로 요시히데가 당대 화공 축에 든 것도 후쿠토쿠 오가미福德の大神께 치성을 드리고 나서라는데, 그 사내가 붓을 들 때마다 어디선가 스멀스멀 여우 혼령이 나타난다는군요. 사방팔방에서 때로 몰려드는 그 광경을 훔쳐본 자도 있다니 헛소문만은 아닌 듯싶어요. 이러니 시작했다 하면 끝장을 보는 수밖에요. 그림 이외에는 아무것도 눈에 안 들어오는 거죠. 밤이고 낮이고 방안에만 틀어박혀 햇빛 보는 일도 없이 — 이런 광기에 가까운 그림을 향한 몰입은 지옥변 병풍을 그릴 때 극에 달했다고 합니다.

아, 글쎄 벌건 대낮에 시토미[蔀]도 치지 않아 환한 방구석에서 유이토다이[結燈台]는 또 밝히고서 말입죠. 자신만의 색감으로 한 사람 한 사람 정성스레 붓을 놀렸다지 뭡니까? 데리고 있던 아이들에게 스이칸[水干]이며 가리기누며 죄다 입히고는 ― 아무튼 별짓 다 한 모양인데, 딱히 지옥변 병풍이 아니어도 평소 붓을 잡으면 그랬을 법한 행동을 한 거죠. 그러고 보니 용개사의 다섯 가지 환생도를 그릴 때도 말이죠. 보통은 어쩌다 길거리에 널린 시신을 보면 으레 눈길도 주지 않고 피하잖아요? 한데 그 사내는 아무렇지도 않게 그 앞에 걸터앉아 반쯤 썩어들어간 얼굴이며 손발이며 머리털 한 가닥 놓칠세라 넋이 나간 듯 베꼈었습죠. 이런 광기 때문에 무슨 일이 벌어졌는지 짐작조차 못 하실 겁니다. 소상히 아뢸 수는 없으나 들은 얘기만 전하자면 이렇습죠.

어느 날 요시히데의 제자 가운데 한 사람이(그 또한 앞서 나온 그자입니다만) 물감을 풀고 있는데 스승이 쓱 하고 다가와서는

"내 잠시 눈 좀 붙이고 오겠다. 요즘 잠자리가 어찌나 뒤숭숭한지."라며 말을 붙였다는군요. 별일도 아니기에 제자는 계속해서 손을 놀리며

"예, 그러하옵니까?" 하며 대수롭지 않게 받아넘겼다지요. 그런데 어쩐 일인지 요시히데는 울적한 표정을 지으며

"실은 내가 낮잠 자는 동안 네가 머리맡을 지켜주었으면 싶어서." 하며 조심스레 청했다지 뭡니까? 그깟 꿈 따위를 두려워하다니 이상히 여겼지만, 그 또한 별일 아니다 싶어

"예. 그럽지요." 하고 대답했고요. 그런데도 요시히데는 여전히 뭔가 걱정스러운 듯

"그럼, 지금 당장 올라오너라. 행여나 다른 아이가 오더라도 내가 잠든 곳에는 들이지 말고." 하며 일러두기도 잊지 않았다는군요. 그 아이를 안으로 불러들인 곳은 그 사내가 평소 그림을 그리는 방입지요. 그날도 꼭꼭 걸어 잠근 방을 희미한 등불이 홀로 지키고 있었어요. 마치 한밤중이나 된 듯 어두컴컴한 그 방 안에는, 밑그림용 붓만 살짝 지나간 어설픈 병풍이 빙 둘러쳐져 있었다는군요. 그건 그렇고. 방 안으로 들어선 요시히데는 피곤함에 절은 사람처럼 팔베개하고는 곤히 잠이 들었답니다. 그런데 그로부터 얼마 지나지 않아 머리맡을 지키던 제자 귓가에는 소름 끼치게 이상한 소리가 들리기 시작했습니다.

여덟

처음에는 그저 이상한 소린가 싶었는데, 점차 띄엄띄엄 말이 되더니 급기야 물에 빠진 사람이 수면 위로 떠 오를 때 그러하듯 신음하듯 이렇게 울렸다지 뭡니까?

"뭣이라? 나보고 오라니. ― 어디로 ― 어디로 간단 말인가? 나락으로. 염열지옥으로 오너라. ― 누구냐? 넌. ― 당신이 뭐길래? ― 내가 누구일 것 같으냐?"

제자는 그만 물감 풀던 손을 멈추고는 벌벌 떨리는 마음으로 스승의 얼굴을 살펴봤더니, 주름투성이 얼굴은 새하얗게 질린 데다 구슬 같은 땀방울을 철철 흘리고 있었다는군요. 드문드문 성치 않은 이며 마른 입술이며 헐떡이듯 헤벌린 입은 또 어떻고요. 그 입 안으로 실로 잡아당기나 싶을 정도로 어지러이 움직이는 뭔가가, 언뜻 보인 듯하여 자세히 들여다보니 그 사내의 혓바닥이었다지 뭡니까?

좀 전에 띄엄띄엄 들렸던 그 괴이한 소리는 거기서 나온 거랍니다.

"누군가 했더니 — 바로 당신이었군. 나도 그럴 거라 짐작했어. 뭣이라? 나를 데리러 왔다고? 그러니 어서 오너라. 나락으로. 나락에는 — 나락에는 내 딸내미가 기다리고 있어."

그 순간 제자 앞에 정체 모를 그림자가 어른거렸다는군요. 병풍에서 뿜어져 나오는 듯한 희뿌연 그 기운에 오싹 소름이 돋았고요. 깜짝 놀란 그 아이가 바로 요시히데를 깨웠지만, 아무리 힘껏 흔들어도 스승의 잠꼬대는 그칠 줄 모릅니다. 좀처럼 일어날 기미가 안 보이니, 하는 수 없이 옆에 있던 붓 빠는 물을 얼굴에 대고 쏟아부었답니다.

그러자 이번엔 "기다리고 있으니 수레에 오르거라. — 어서 올라타 나락으로 오너라. — "하는 목멘 소리로 변했다지 뭡니까? 자기 입에서 새어 나온 앓는 소리에 요시히데는 바늘에 찔리기라도 한 듯 화들짝 놀라 일어났으나, 꿈속에서 본 섬뜩한 그림자가 눈에서 떠나질 않았습니다. 얼마간 공포에 휩싸인 눈빛으로 입은 커다랗게 벌린 채 허공만 바라보다가 이윽고 제정신이 돌아온 듯 제자를 향해

"이제 됐으니 그만 물러가거라!"하며 차갑게 내뱉었습니다. 이럴 때 스승님의 명을 어기면 두고두고 잔소리를 들을 게 뻔하니 바로 일어나 나와버렸지요. 하지만 아직 밖이 환한 덕에 마치 본인이 악몽에서 깨어나기라도 한 듯 안도의 한숨이 절로 나왔다네요.

그래도 여기까지는 괜찮은 편입니다. 그로부터 한 달가량 지난 어느 날, 또 다른 제자가 안채로 불려갔다나요. 요시히데는 여느 때와 마찬가지로 어두침침한 가운데 등불만 의지한 채 입에 붓을 물

고 있었는데, 느닷없이 아이 쪽을 향하더니

"수고스럽겠지만 옷을 좀 벗어 줄 수 있겠나?"하더라지 뭡니까? 종종 있는 일이라 대수롭지 않게 옷을 홀랑 벗어 알몸이 되었더니 묘하게 얼굴을 찌푸리며

"난 말이야. 쇠사슬에 묶인 인간이 보고 싶단 말이지. 안됐지만 잠시 내가 원하는 자세로 있어 줄 수 있겠지?"하며 말만 그렇지, 미안한 기색 하나 없이 툭 내뱉었습니다. 원래 이 아이는 붓보다는 큰 칼 차는 편이 어울릴 법한 다부진 젊은이였습죠. 그런 그조차 이번엔 적잖이 놀랐는지 후일담으로 "그땐 정말 스승이 미쳐서 날 죽이려 드나 싶었다니까요." 하는 얘기를 늘 입에 달고 다녔다지요. 하지만 요시히데 쪽에서 보면 오히려 꾸물대는 상대방이 답답했을 테죠. 언제 쇠사슬을 감아 들었는지, 달려들 기세로 제자 등에 올라타고는, 눈 깜짝할 새 양팔을 비틀어 칭칭 동여맸답니다. 이어 무자비하게 쇠사슬 끝을 잡아당겼다니 어디 손목이 배겨나겠습니까? 펄쩍 뛰었다가 그대로 마루 위로 나뒹굴었지요.

아홉

술독 굴러가는 거나 매한가지입죠. 손이며 발이며 죄다 꽁꽁 묶여 목만 까딱거리니 처참하기 그지없습니다. 게다가 가느다란 쇠사슬이 두툼한 살집까지 파고들어 피가 도는 것을 막으니, 얼굴이며 몸통이며 할 것 없이 온통 붉게 물들어갔습죠. 요시히데 눈에는 아무것도 뵈는 게 없는지, 술독처럼 꽁꽁 묶인 몸뚱이를 이리저리 살피며, 몇 장이고 계속 베끼기만 할 뿐입니다. 그 아이가 느꼈을 고통에 대해서는 더 말해 무엇하겠습니까?

만약 그때 아무 일도 일어나지 않았다면 그 고통은 끝이 없었겠지요. 다행히도(아니지. 그 반대라 말하는 게 맞을 겁니다.) 얼마 지나지 않아, 구석에 놓여 있던 항아리 뒤편에서 뭔가 꿈틀거리며 기름을 뒤집어쓴 검은 그림자 같은 것이 한 가닥 흘러나왔다니까요. 처음에는 찐득찐득 서서히 기어 나오는가 싶더니, 점점 미끈거리다가 어느새 번쩍이며 코앞에 다다랐다는군요. 아이는 그 모습에 그만 숨이 멎어

"뱀 — 뱀이." 하고 울부짖었습니다. 한순간 온몸의 피가 딱하고 얼어붙는 듯했다는데, 그도 그럴 것이 뱀이 쇠사슬이 파고든 목으로 차디찬 혀끝을 갖다 대려고 했다지 뭡니까? 그 광경을 본 요시히데가 붓을 내팽개치며 황급히 몸을 움츠러들길래, 제아무리 유별난 사내라 한들 흠칫 놀라 물러서는가 했더니 웬걸요. 뱀 꼬리를 잡아 거꾸로 매다는 거였대요. 뱀은 뱀대로 머리를 쳐들며 그 사내의 손아귀에서 벗어나려 했지만 아무리 기를 써도 소용없어요.

"너 땜에 다 그린 그림을 망쳐버렸잖아!"

요시히데는 뱀을 향해 운수 사납다는 듯 이렇게 툭 내뱉고는 항아리 쪽으로 냅다 집어 던졌다네요. 일이 이렇게 된 이상 제자 몸을 휘감고 있던 쇠사슬도 풀어 줄 수밖에요. 마지못해 풀어 주는지라 아랫것들에게 이르기만 할 뿐, 정작 당사자인 아이에게는 이렇다 위로의 말 한마디 없었대요. 남이야 뱀한테 물리거나 말거나 눈앞의 모습을 그대로 화폭에 담지 못한 것에 울화가 치민 게지요. — 나중에 듣자 하니 이 뱀 또한 언젠가 그리려고 일부러 곁에 두었던 거랍니다.

이쯤 되면 이 자의 광기가 어느 정도인지 짐작이 가실 줄로 압

니다. 그런데 음침하고도 그림에 미친 이런 기이한 소행은 여기가 끝이 아닙니다. 이번에도 지옥변 병풍과 관련된 얘긴데요. 열서너 살난 아이가 병풍 아래서 말하자면 목숨을 잃을 뻔한 무시무시한 일을 당한 겁니다. 이 일을 겪은 아이는 태어날 때부터 피부가 희고 고운 여자아이 같은 사내였습죠. 어느 날 밤, 무슨 일인지도 모르고 스승한테 불려 방으로 들어섰더니, 요시히데가 등잔 밑에서 손바닥에 무언가 피비린내 나는 걸 올려놓고는, 뭔지 모를 새한테 모이로 주고 있었답니다. 크기요? 고양이만 하다고 할까요? 그러고 보니 귀처럼 양쪽으로 돋아난 털이며 호박처럼 크고 둥그런 눈매며 고양이라 해도 믿겠습니다.

열

요시히데는 본디 자기 일에 대해 남들이 이러쿵저러쿵 참견하는 걸 못 견디는 사내다 보니, 앞에 뱀도 그렇고 자기 방에 무엇이 있는지 제자들은 물론 아무에게도 알리지 않았습죠. 그러니 어떤 때 가보면 책상 위에 해골이 놓여 있기도 하고, 또 어떨 때는 은으로 빚은 공기며 금가루 입힌 마키에蒔絵 그릇이며 아무렇게나 널려 있었다는군요. 그자가 그리고 싶어 하는 것들은 상상을 초월했습니다. 하지만 누가 알겠어요? 이런 물건들을 평소 어디에 두는지. 후쿠토쿠 오가미가 그 사내를 돕고 있다는 소문도 그래서 나온 거겠죠.

늘 이렇다 보니 방으로 불려간 이 아이 또한 책상 위에 놓여 있는 기이한 새를 보고도 지옥도 병풍을 그리기 위한 것이겠거니 하며 스승 앞에 꿇어앉아 "절 부르셨습니까?" 하고 공손히 물었습죠. 그러나 요시히데 귀에는 아무 소리도 들리지 않는지 그 불그죽죽한

입술을 혀로 핥으며

"어째. 이제 좀 익숙해졌지?"하며 새를 향해 턱을 내밀었습니다.

이어 아이는 "이게 뭡니까? 이런 건 한 번도 본 적이 없는데." 하고 귀 달린 고양이처럼 생긴 새가 수상쩍어 빤히 들여다봤더니, 늘 그러하듯 요시히데는 비웃는 말투로

"뭣이라? 처음 본다고? 장안에서 자란 놈들은 이래서 안 된다니까. 이게 바로 부엉이란 새야. 이삼일 전쯤 구라마鞍馬에서 온 사냥꾼한테 얻었는데, 이렇게 사람 손을 탄 놈은 좀처럼 볼 수 없단 말이지."하며 이제 막 먹이를 해치운 부엉이를 향해 천천히 팔을 뻗었습니다.

그런데 등에 난 털을 살짝 쓰다듬었을 뿐인데, 날카롭게 울부짖으며 책상 위로 날아오르는가 싶더니, 이내 양 발톱을 세우며 옆에 있던 아이 얼굴로 달려들었다지 뭡니까? 만약 그때 그 아이가 황급히 옷소매로 얼굴을 가리지 않았다면, 분명 한두 군데 상처를 입었을 테지요. '앗!' 하며 팔을 저어 쫓으려 하자, 부엉이가 덮개를 부리로 쪼면서 다시 덤벼들고 ― 아이는 스승이 앞에 있든 말든, 일어서서 막고 앉아서 쫓고, 좁아터진 방구석을 온통 헤집고 다녔답니다. 새도 이에 뒤질세라 위로 아래로 푸드덕거리며 빈틈만 보이면 쏜살같이 달려들었고요. 부엉이가 움직일 때마다 울려 퍼지는, 사스삭사스삭 날갯짓 소리는, 낙엽이나 폭포수 떨어지는 듯 숨이 막혔어요. 사루자케猿酒 익어가는 곡주에서 나는 시큼한 훈김 같은 그 기운의 꺼림칙함이란 이루 말로 다 할 수 없어요. 다급한 그 아이 눈에도 어두침침한 등잔불은 희미한 달빛으로 여겨졌다는데, 마치 저 멀리

깊은 산중 요사스러운 기운으로 가득한 산골짜기에 홀로 있는 듯 불안감이 밀려왔다는군요.

그 아이가 두려웠던 건 쫓아오는 부엉이만이 아니었습니다. 그보다는 쫓고 쫓기는 현장에서, 일말의 흐트러짐도 없이 그 광경을 화폭에 담고 있는 요시히데의 모습에 더 소름이 돋았답니다. 가녀린 소년이 괴이한 새한테 괴롭힘을 당하는 처참한 광경을, 혀끝으로 붓을 적셔서는 서서히 종이에 옮겼다는군요. 봉변당하던 그 아이 눈에 스승의 태연한 모습이 들어오자 오싹하며 '내가 여기서 죽는구나.' 하는 생각이 절로 났답니다.

열하나

그런 일이 일어나지 말라는 법도 없지요. 사실 요시히데가 그날 저녁 그 아이를 불러들인 것도, 달려드는 부엉이를 피해 허둥지둥 도망치는 아이 모습을 그리기 위한 속셈이 따로 있었으니까요. 스승의 꿍꿍이를 알아챈 아이는, 양 소매로 머리를 감싼 채 비명을 지르며 방문 앞에 주저앉아 버렸습죠. 그제야 요시히데도 황급히 자리에서 일어나는가 싶었는데, 어찌 된 영문인지 날갯짓 소리는 한층 더 커지면서 뭔가 나뒹구는 소리 깨지는 소리가 요란스럽게 들렸다지 뭡니까? 화들짝 놀라 그만 정신을 놓아 머리를 쳐들고 말았는데, 어두컴컴한 방안에서 다른 아이를 부르는 스승의 다급한 목소리가 울려 퍼졌답니다.

이윽고 제자 중 한 명이 멀리서 달려와 등잔불을 밝히자, 그을음 가득한 사이로 마루며 방바닥이며 온통 기름투성이였습니다. 유이토다이가 쓰러진 게지요. 이런 난장판에 부엉이는 또 괴로운 듯 푸드덕거리며 한쪽 날개로 돌아다녔어요. 책상 건너편에는 반쯤 몸을 일으킨 요시히데가, 그 역시 넋이 나간 표정으로 알아들을 수도 없는 혼잣말을 지껄이고 있었고요. ― 그도 그럴 것이 부엉이 몸에 시커먼 뱀 한 마리가 들러붙어, 목이며 날개며 할 것 없이 칭칭 감고 있었거든요. 놀란 아이가 주저앉다 그만 항아리를 건드린 모양인데, 그 틈에 기어 나온 뱀한테 부엉이가 겁도 없이 달려들다 이 사달이 난 거죠. 얼마간 아이들은 멀뚱멀뚱 서로 바라만 보다가 간신히 눈인사만 하고는 슬금슬금 물러갔답니다. 그 후로 뱀과 부엉이가 어떻게 됐는지는 아무도 모릅니다. ―

이런 일이 일어난 건 한두 번이 아녜요. 가만있자, 지옥변 병풍을 그리라는 전언이 온 게 가을 초입이었으니까, 요시히데가 데리고 있던 아이들은 겨울이 끝나갈 무렵까지 스승의 괴팍한 짓을 속수무책으로 당하고만 있었겠네요. 그리고 겨울 끝자락이 되자 요시히데는 그림이 자기 뜻대로 되지 않는지 한층 음침해지고 말투도 눈에 띄게 거칠어졌다는군요. 병풍도 밑그림 수준에서 한 걸음도 나아가지 못했고요. 여차하면 지금까지 그린 그림도 죄다 지워버릴 기세였습죠.

일이 이 지경인데도 병풍의 어디가 잘못된 건지 알 길이 없었어요. 물론 알고자 하는 이도 없었고요. 이런저런 봉변에 일찌감치 진저리가 난 아이들은, 흡사 범과 함께 우리에 갇힌 기분이 들어 스승 언저리에는 얼씬도 하지 않았거든요.

열둘

이렇다 보니 그다음 얘기는 뭐, 별로 아는 것도 없습니다요. 굳이 말씀드리자면, 저 고집불통 늙은이가 어찌 된 일인지 이상스레 마음이 약해져서는 홀로 우는 일이 종종 있었다는 정도지요. 아, 글쎄 뜰에 나갔다가 우연히 눈물짓는 스승을 본 아이도 있다는군요. 마루에 서서 봄이 가까워진 하늘을 하염없이 바라보는 요시히데의 눈에 눈물이 가득했대요. 글썽이는 그 모습에 오히려 자신이 잘못을 저지른 것 같아 슬금슬금 그 자리를 피했다는데, 다섯 환생도를 그리기 위해선 길가에 버려진 송장마저 베꼈다는 오만한 그 사내가 그깟 병풍이 뭐라고 어린아이처럼 훌쩍거린단 말입니까?

이렇게 제정신이 아니게 그림에 미친 아비와 달리 여식은 점점 침울해져만 갔습니다. 저 같은 사람 눈에도 눈물을 참고 있는 게 다 보일 정도였으니까요. 본디 뽀얗고 얌전했던 아이가 전에 없이 눈가에 그늘이 생기고 얼굴에 수심이 가득합니다. 울적하기가 그지없어요. 이를 두고 아비 탓입네 속을 끓이는 상대 탓입네 하며 제멋대로 떠들어대는 사람도 있었지만, 차차 영주님과 얽힌 문제라는 풍문이 나돌았을 뿐 더 이상의 얘기는 못 들었습니다.

아마 그 무렵이었을 겁니다. 어느 날 한밤중에 복도를 지나가고 있었는데, 느닷없이 예의 원숭이 요시히데가 달려와서는 제 바짓가랑이를 잡고 늘어지는 거예요. 희미한 달빛 아래 어디선가 훈훈한 바람을 타고 매화 향기라도 흘러나올 법한 밤이었는데, 그래서 그런지 새하얀 이빨이 더욱 도드라져 보였어요. 그런데 이놈이 얼굴을 잔뜩 찌푸린 채 미친 듯이 울어대지 뭡니까? 언짢기도 했지만 새로 마련한 옷을 망친 것에 울컥하여 걷어차고는 지나치려 했습죠. 그 순간 얼마 전에 어떤 무사가 원숭이를 괴롭히다가 도련님한테 혼쭐이 난 일이 떠올랐어요. 게다가 이놈 하는 짓이 하도 수상쩍어 가자는 데로 몇 걸음 옮겼습죠.

그렇게 복도 끝을 돌아 소나무 가지가 드리운 사이로 희끗희끗 연못이 내다보이는 곳에 다다랐습니다. 바로 그때, 누군가 다투는지 다급하면서도 이상하리만치 낮은 목소리가 들려왔어요. 달빛인지 안개인지 모를 어둠 속에서 물고기 튀어 오르는 소리만이 적막함을 깨고 있었거든요. '이런 한밤중에 누군가 행패를 부리는 거라면 가만두지 않으리라.' 마음먹고 소리가 나는 방문 앞에 딱하고 멈춰 섰지요.

열셋

그런데 원숭히데는 머뭇거리는 내 모습이 답답했나 봐요. 발밑을 몇 번 뱅뱅 돌더니, 마치 누가 자기 목이라도 죄는 듯 울부짖더니, 별안간 제 어깨 위로 훌쩍 뛰어오르지 않겠어요. 저는 손톱에 긁히지 않으려고 몸을 마구 흔들고, 이놈은 이놈대로 스이칸 소맷자락에 매달려 떨어지지 않으려 안간힘을 쓰고 ― 그렇게 옥신각신하다 그만 중심을 잃어 미닫이문 쪽으로 세게 고꾸라졌습니다. 이렇게 된 이상 더는 주저할 수도 없어서 벌컥 문을 열어젖히고는 안쪽으로 뛰어들려 했지요. 그런데 그 순간 제 눈을 가린 ― 아니지. 가렸다기보다는 달빛이 닿지 않는 어둠 속에서, 갑자기 제 앞으로 튀어나온 여인에 소스라치게 놀랐습니다. 그녀는 부딪히려는 순간 간신히 절 피해 그대로 나뒹굴었는데, 어찌 된 일인지 그 자리에 털썩 주저앉아 숨을 헐떡이며 제 얼굴을 올려다보지 뭡니까? 잔뜩 겁에 질린 눈빛으로요.

예, 맞습니다. 바로 요시히데의 여식이었습니다. 그날 밤 그 아이는 넋 나간 사람처럼 눈이 퀭했어요. 그러고 보니 볼도 벌겋게 달아오른 게 흥분했던 모양입니다. 어디 그뿐인 줄 아세요. 아무렇게나 흐트러진 하카마며 우치기며 여느 때와 달리 요염하기까지 했다니까요. 정말이지, 이 계집이 연약하고도 조심성 많은 요시히데의 여식이 맞는지 의심스러울 따름이었습니다. — 전 미닫이문에 몸을 기댄 채 달빛 속 아리따운 그 아이를 향해 조용히 눈짓했습죠. '멀어져 가는 다급한 저 발소리의 주인이 누구냐?'라고.

계집은 입술을 지그시 깨물며 도리질할 뿐 말이 없습니다. 안쓰러워 그냥 둘 수가 없었어요. 그래서 몸을 숙여 그 아이 귀에 대고 '누구냐?' 하고 속삭였습죠. 이번에도 계집은 아무것도 아니라는 식으로 묵묵부답입니다. 아니죠. 전혀 답하지 않은 건 아닙니다. 제가 '누구냐?'라고 묻자마자 긴 속눈썹에 눈물방울이 가득 맺혀서는 꽉 하고 입술을 깨물었으니까요. 태생이 미련한 저는 남들 다 아는 것만 알지 그 이상은 아무것도 모릅니다. 허니 이럴 땐 무슨 말을 건네야 하는지도 모르겠고, 그저 이 아이가 진정되기만을 곁에서 조용히 기다릴 수밖에요. 실은 더는 캐물으면 안 될 것 같다는 생각이 앞섰어요.

그렇게 하염없이 기다리기만 했습죠. 그러다 활짝 열려 있던 문을 닫고는 "그만 거처로 돌아가거라." 하며 제 딴에 최대한 부드럽게 말을 건넸습니다. 다소 흥분이 가라앉아 보여 다행이었지만, 저는 저대로 봐서는 안 될 걸 본 것 같아 불안한 마음으로 발길을 돌렸습니다. 그런데 불과 몇 걸음 떼지도 않았는데 누군가 뒤에서 제 바짓가랑이를 잡아당기잖아요. 깜짝 놀라 뒤돌아봤죠. 누군지 짐작이 가십니까? 다름 아니라 아까 그 원숭히데였습니다. 양손을 땅에 짚고는 황금빛 방울을 울려대며 몇 번이고 제게 절을 했습죠. 마치 자기가 인간이라도 되는 양 정중히 말이죠.

열넷

그로부터 보름 정도 지난 어느 날이었습니다. 요시히데가 영주님을 알현하겠다며 성으로 들어왔어요. 미천한 몸이지만 평소 영주님이 각별히 여기고 있으니 아무 때나 찾아뵐 수 있다고 생각한 거죠. 만나자고 한다고 아무나 막 만나주는 분이 아닌데, 영주님은 그날도 흔쾌히 요시히데를 맞아주셨습니다. 사내는 자줏빛 가리기누에 낡은 에보시를 쓴 평소 차림이었지만, 표정만큼은 더 신경질적으로 변해 있었어요. 그런 그가 황송한 듯 영주님 앞에 엎드려 절을 하더니 쉬어 빠진 목소리로

"저, 분부하신 지옥변 병풍 말인데요. 밤낮으로 정성을 다해 붓을 잡은 덕에 곧 끝날 것 같습니다."

"그거 듣던 중 반가운 소리구나."

그런데 영주님은 기꺼워하는 말씀과는 달리 어째 묘하게 기력이 없어 보이십니다.

"아뇨. 전혀 그렇지 않습니다." 요시히데는 생각할수록 화가 난다는 듯 지긋이 눈을 내리깔고는 "거의 끝나가는 건 맞지만, 단 한 곳 아직 못 그린 데가 있어요."

"뭣이라? 그리지 못한 곳이 있다고?"

"그렇사옵니다. 소생은 눈으로 직접 본 것만 그릴 수 있거든요. 허니 아무리 작정하고 달려들어도 그릴 수가 없는 거죠."

이 소릴 듣자 영주님은 비웃는 듯 미소 지으며

지옥변(地獄変)

"그 말인즉슨 병풍을 그리려면 지옥을 직접 봐야 한다는 소리렸다?"

"그렇사옵니다. 몇 년 전 큰불이 났을 때, 염열지옥의 맹화와 흡사한 불길을 눈앞에서 본 적이 있습니다. 화염 속 부동명왕을 그릴 수 있었던 것도 다 그 덕입죠. 영주님께서도 요지리부동よじり不動은 알고 계시잖아요."

"그 화염 그림은 알고말고. 하지만 죄인은 어쩌고? 아직 옥졸은 본 적이 없지 않으냐?" 영주님 귀에는 요시히데의 하소연이 들리지 않는지 이렇게 다른 소릴 하십니다.

그러자 요시히데는 "쇠사슬에 묶인 자를 본 적은 있습죠. 괴상한 새한테 괴롭힘을 당하는 모습도 무엇하나 놓치지 않고 화폭에 담았고요. 허니 죄인이 죗값을 치르는 형상을 모른다고 할 수는 없지요. 게다가 옥졸은 ─" 하며 말 중간에 야릇한 미소를 지으며 "꿈속에서 자주 봅니다요. 어떨 때는 소머리를 하고 또 어떨 때는 말머리를 하고 제 앞에 나타나지요. 삼면육비三面六臂 형체를 띤 악귀가 하루가 멀다고 나타나 저를 괴롭힙니다. 여섯 달린 팔로 소리 없이 손뼉치기도 하고 셋 달린 머리로 소리 없는 말을 지껄이면서 말이죠. ─ 제가 못 그리겠다는 건 그런 게 아닙니다."

요시히데가 이렇게까지 말하니 영주님도 제법 놀란 눈치였어요. 안절부절못하시며 그 사내의 얼굴만 노려보더니 이윽고 미간을 찌푸리시며

"그럼, 뭘 못 그리겠다는 말이냐?" 하고 내뱉듯 하문하셨습니다.

열다섯

이에 요시히데 답하길 "전 단지 병풍 속에 비라우게檳榔毛 한 대가 허공에서 떨어지는 걸 담고 싶을 따름입니다." 하며 감히 영주님의 옥안을 날카로운 눈빛으로 쳐다보지 뭡니까? 그림이라 하면 미친 사람처럼 구는 건 익히 알고 있었지만, 그 눈초리에는 분명 광기가 서려 있었어요.

"그 수레 안에는 요염한 한 여인이 화염 속에서 칠흑 같은 삼단 머리채를 흩날리며 괴로운 나머지 몸부림을 치고 있습죠. 연기가 가득한 사이로 치켜 올라간 눈썹과 수레 지붕을 향한 눈만 간신히 보이고요. 손은 수레 안쪽 발을 잡아 뜯고 있는데, 떨어지는 불꽃을 피하려나 봅니다. 그 주위를 온통 괴상한 새들이 둘러싸고 있어요. 열 마리고 스무 마리고 깍깍거리며 날갯짓하는 게 아무래도 먹잇감을 기다리고 있는 모양입니다. ― 아아, 그런데 전 그 수레 속 여인을 그릴 수가 없단 말입니다."

"그래? 그럼, 어찌하면 좋겠느냐?"

그런데 이상한 건 영주님이 반기는 기색으로 요시히데의 대답을 재촉했다는 겁니다. 요시히데는 열이라도 오른 듯 예의 불그죽죽한 입술을 떨면서 잠꼬대하는 듯 대꾸하길

"도저히 안 되겠습니다." 하며 앞서 같은 말을 되풀이했습죠. 그러더니 갑자기 덤벼들듯

"아무래도 비라우게 한 대를 제가 보는 앞에서 불태워주셔야겠습니다. 그리고 가능하다면 ― "

그 순간 영주님 안색이 어두워지는가 싶더니, 갑자기 요란스럽게 웃어젖히지 뭡니까? 한바탕 숨이 멎을 듯 웃고 난 뒤 말씀하시길

"좋다! 네가 원하는 대로 다 해주마. 그랬는데도 못 그런다면 그땐 하는 수 없는 게지."

전 그 소릴 듣자 왠지 불길한 예감에 휩싸였습니다. 영주님 모습도 예사롭지는 않았고요. 게거품을 물고서 눈가엔 파르르 분노가 이는 것이, 어디 요시히데의 광기가 옮겨붙은 모양입니다. 그도 잠시 말씀을 다 하셨나 싶더니, 갑자기 말문이 터져서는 웃으며 말씀하시길

"비라우게에 불을 지르거라. 그 안에 곱게 차려입은 아리따운 여인 한 명도 태우고. 화염 속에서 수레에 탄 여인이 몸부림치다 죽는 모습을 ― 그걸 그리겠다고 나선 이는 분명 천하제일의 화공일 터. 칭송할지어다. 암, 칭송하고말고."

영주님이 이렇게 말씀하시자, 요시히데는 별안간 안색이 변하며 숨이 차오르는 듯 입술을 달싹거리더니 온몸에 힘이 풀리는지 넙죽 하고 바닥에 엎드려선

"황송하옵니다." 하고 들릴 듯 말 듯 낮은 목소리로 정중히 예를 올렸습니다. 꿈에 그리던 참혹한 광경이 영주님 말 한마디로 제 눈앞에서 실현될 것 같아서였겠죠. 요시히데도 참 딱하다는 생각이 든 건 이때가 처음이었습니다.

열여섯

그로부터 또 이삼일이 지난 어느 날 밤이었어요. 영주님은 약속대로 요시히데를 불러들여 비라우게 수레를 태울 곳을 친히 보여 주셨습니다. 사실 그곳은 호리카와 영내가 아니었습니다. 세간에서 유키게雪解라 부르던 별장은 영주님의 누이가 거처하던 곳으로 불에

타서 이미 없어진 곳입죠.

오랫동안 아무도 살지 않은 곳이니 넓디넓은 정원은 버려져 황폐해질 때로 황폐해졌어요. 인적이 끊긴 지 오래된 이곳을 그 누가 알기나 하겠습니까? 어쩌다 여기서 돌아가신 분에 대한 소문이 돈다 해서 가만히 들어보면, 달뜨지 않는 밤이면 괴이쩍은 진홍빛 하카마가 복도를 둥둥 떠다닌다는 소리였습죠. ― 그도 그럴 것이 한낮에도 인기척이 없는 곳이니, 해가 저물어 정원수 떨어지는 소리에 별빛 받아 날아오르는 해오라기는 어떻겠어요. 이상하게 보이지 않았겠습니까? 께름칙하기 그지없지요.

마침 그날도, 달 뜨지 않은 어두운 밤이었습니다. 등불 밝혀 영주님 계신 곳을 살펴봤더니 툇마루 가까이에 계셨어요. 연노랑 나오시直衣에 진보라 돋을무늬 문양을 새겨넣은 사시누키指貫를 차려입고, 흰 바탕에 비단 두른 방석 위에 기세등등 자리를 잡고 계셨습니다. 전후좌우로 영주님을 호위하는 무사만 해도 대여섯 명, 그밖에 옆에서 시중드는 다른 이들은 말해 무엇하겠습니까? 그중에서도 유독 눈에 띄는 한 사람이 있었으니, 몇 년 전 미치노쿠 전투에서 인육을 먹었다는 무사였습죠. 굶주림을 견디다 못해 그랬다는데, 맨손으로 사슴뿔도 쪼갤 수 있는 장사라지요. 그런 그가 누가 무사 아니랄까 봐, 하라마키腹巻 차림에 허리춤에 큰 칼 올려 차고 툇마루 아래를 엄중히 지키고 있어요. ― 이 모든 광경이 밤바람에 흔들리는 전등불을 타고, 때로는 밝게 때로는 어둡게, 꿈인지 생신지 알 수 없는 음산한 기운을 내뿜고 있었습니다.

설상가상 뜰앞에 놓여 있던 비라우게가 드높은 덮개에 나지막이 어둠을 불러들였지 뭡니까? 소도 매여 있지 않은 검은 채를 시지柱에 비스듬히 걸쳤는데, 별처럼 빛나는 황금 장식을 바라보고 있자니 봄날이라 제법 따뜻한데도 오싹한 느낌이 절로 듭니다. 수레는 부센료淨線綾로 가장자리를 두른 푸른 비단 발이 처져 있어, 그 안에 무엇이 들어 있는지 알 수가 없어요. 게다가 주변에는 장정들이 너나 할 것 없이 맹렬히 타오르는 횃불을 손에 들고서는, 자못 진지한 표정으로 보초를 서고 있었지요. 행여나 연기가 영주님이 계신 툇마루로 날아갈까 노심초사하면서요.

요시히데는 어땠냐 하면, 툇마루 정면에서 조금 떨어진 곳에 무릎을 꿇고 있었습니다. 늘 그러하듯 자줏빛 가리기누에 낡은 모미에보시 차림이었지만, 하늘에 떠 있는 별들에 짓눌렸는지 오늘따라 유난히 작고 초라해 보였습니다. 그 뒤로 에보시를 쓰고 가리기누를 입은 또 한 사람이 보였는데, 아마 요시히데가 데리고 온 아이겠지요. 그 두 사람이 저 멀리 어둠 속에서 몸을 웅크리고 있었기에, 제가 있던 툇마루 아래에서는 그들이 입고 있는 가리기누가 무슨 색인지조차 분간할 길이 없었습죠.

열일곱

시각은 대충 한밤중이었던 걸로 기억합니다. 나무와 연못을 둘러싼 어둠에 온통 정적만이 흐르고, 여기저기 숨결이 느껴지는 가운데, 어렴풋이 밤바람 스쳐 가는 소리가 들려왔습죠. 그 바람을 타고 횃불에서 피어오르는 메케한 냄새가 코를 찌릅니다. 영주님은 으스스한 이 풍경을 지긋이 바라만 보다가 이윽고 몸을 앞으로 내미는가 싶더니

"요시히데!" 하고 부르는 새된 고함이 들려왔습니다.

요시히데가 뭐라 대답한 것 같기는 한데, 제 귀에는 그저 윙윙거리는 소리밖에 들리지 않았습니다.

"오늘 밤, 네 소원대로 수레에 불을 질러주마."

영주님이 이렇게 말씀하시더니, 곁에 서 있는 장정에게 눈짓하더이다. 서로 야릇한 미소를 짓는 게 그들만 아는 뭔가가 있는 모양이에요. 기분 탓인지는 몰라도 제 눈에는 그렇게 보였어요. 아무튼 요시히데는 영주님 명에 황송히 머리를 조아리며 툇마루를 올려다볼 뿐 아무 말도 하지 못했습니다.

"잘 봐두거라. 내가 평소 타는 수레이니라. 너도 본 적이 있지? ─ 이제 저 수레에 불을 붙여 네 눈앞에 염열지옥을 보여줄 생각인데……." 하며 영주님 잠시 뜸을 들이시더니, 시중에게 눈으로 어떤 지시를 내리셨습니다. 그러더니 갑자기 괴로운 듯 "그 안에 죄를 지은 시녀 한 사람을 오랏줄로 묶어서 가둬두었네. 그러니 수레에 불을 붙이면, 그 계집의 살과 뼈는 불에 타고 그슬려 온갖 괴로움과 고통으로 최후를 맞이하고 말 것이라. 병풍을 완성하기 위해선 이게 최선인 듯하오. 눈같이 새하얀 살갗이 타들어 가는 걸 절대 놓쳐선 안 돼! 칠흑 같은 머리채가 불꽃으로 화하여 하늘 높이 흩어지는 모습도 잘 봐두거라."

그러고는 세 번째로 입을 다무셨는데, 무슨 생각이 들었는지 어깨를 들썩이며 쿡쿡대면서

"이번 생에 두 번 다시 없을 구경거리로구나. 나도 여기서 지켜보겠노라. 자, 어서 발을 걷고 요시히데에게 수레 안에 갇혀 있는 여인을 보여주거라."

분부가 떨어지자마자, 장정 가운데 한 명이 한 손에 횃불을 높

이 치켜들고는 수레 쪽으로 성큼성큼 걸어갔습니다. 남은 한 손으로 획 하고 발을 걷어 올리자, 요란스레 불타오르는 횃불이 붉은 기운 가득 넘실거리며 환하게 좁디좁은 수레 안을 비췄어요. 그런데 이보다 더 끔찍한 일이 어디 또 있을까요? 쇠사슬에 묶인 시녀는 다름 아닌 ─ 아, 제 눈이 의심스러울 따름입니다. 화려하게 벚꽃 수놓은 가라기누唐衣에 삼단 같은 머리를 풀어 헤친 아름다운 여인네였는데, 뒤로 늘어뜨린 머리 위로 꽂은 살짝 흰 황금 비녀가 눈이 부시게 빛이 났습죠. 그러나 차림새는 달라도, 작다란 몸집에 뽀얀 목선까지, 요시히데의 여식인 게 분명합니다. 침울할 정도로 음전한 옆모습은 누가 봐도 그 아이가 맞습니다. 저도 모르게 비명을 지를 뻔했습죠.

그때 제 앞에 있던 무사 한 사람이 요시히데를 매섭게 쏘아봤어요. 획하고 몸을 일으키며 칼자루 머리를 지그시 누르고서 말이죠. 깜짝 놀라 쳐다보니 거의 정신이 나간 듯했어요. 땅에 웅크리고 있던 몸이 갑자기 튀어 올라 양팔을 앞으로 뻗치는 것이, 아무래도 수레를 향해 냅다 달려들 모양인 게지요. 송구하옵게도 멀찍이 떨어져 있었던 탓에 그자가 누군지는 잘 모르겠습니다. 그러나 그도 잠시, 핏기를 잃은 요시히데가, 아니지. 눈에 보이지 않는 무언가가, 공중에서 그를 낚아챘다는 표현이 더 옳겠지요. 아무튼 그런 요시히데가 어둠을 뚫고 불쑥 나타났어요. 그런데 바로 그 순간, 아가씨를 태운 비라우게 수레가 활활 타오르기 시작했어요. "불을 놓거라." 하는 영주님의 명이 떨어지기가 무섭게 장정들이 횃불을 던진 게지요.

열여덟

불길은 삽시간에 수레 지붕을 덮쳤습니다. 차양에 붙어 있던 보랏빛 술이 바람에 나부끼듯 펄럭거리자, 아래쪽에서 자욱한 연기가 어두컴컴한 밤눈에 봐도 선명하게 소용돌이쳤습죠. 발이며 양옆 기둥이며 도리 쇠붙이며 할 것 없이 죄다 가루가 될 듯 불꽃이 빗방울처럼 피어오르는 ― 그 잔혹함이란 이루 말로 다 할 수 없습니다요. 온통 하늘을 뒤덮으며 날름날름 뒤쪽 격자에 휘감기며 활활 타오르는 불꽃은, 정말이지 해가 땅으로 떨어지며 벼락이라도 치는 것 같았다니까요. 한순간 소리치려 했던 저도, 소름 끼치는 이 광경을 지켜보는 수밖에 달리 도리가 없었습니다. 망연자실하여 입을 벌린 채 넋을 놓고 있었으니까요. 그렇다면 아비인 요시히데는 ―

전 그때 요시히데의 표정을 지금도 잊을 수가 없습니다. 무의식중에 수레를 향해 달려가려던 그 사내는, 불꽃이 피어오르자 발걸음을 멈추고는 두 팔을 앞으로 뻗은 채 움푹 팬 눈으로 화염에 휩싸인 수레를 집어삼킬 듯 쩌려봤어요. 온몸으로 쏟아지는 불빛에 주름투성이 흉측한 얼굴은 수염까지 훤히 내다보였고요. 커다랗게 벌어진 눈이며 일그러진 입술이며 실룩샐룩 경련을 일으키는 뺨이며 만감이 교차하는 순간이 그대로 전해졌어요. 두렵고 놀랍고 침통한 빛이 역력했습죠. 목이 달아나는 순간의 도둑놈, 아니지 온갖 악덕을 저지르고 오계를 어겨 시왕청十王廳에 끌려간 죄인도 그처럼 괴로워할 수는 없을 겁니다.

이러하니 옆에서 지켜보는 장정들도, 제아무리 힘이 세다고 한들 얼굴색이 변하며 영주님을 올려다볼 수밖에요. 영주님은 흠칫거리는 장정의 눈길도 아랑곳없이 입술을 앙다물고는, 알 듯 모를 듯 기묘한 웃음을 흘리며 수레 쪽만 빤히 바라보십니다. 그 수레 안에는 ― 아, 제가 어찌 그 끔찍한 광경을 입에 담을 수 있겠습니까? 가득한 연기 사이로 내다보이는 새하얀 얼굴, 걷잡을 수 없는 불길에 휘몰아치는 머리카락, 거기에 삽시간에 불로 화하는 곱디고운 벚꽃 가라기누까지 ― 처참하기가 그지없어요. 엎친 데 덮친 격으로 밤바람을 타고 연기마저 몰려들지 뭡니까? 붉은 기운에 금가루 뿌린 듯한 화염 사이로 그 아이의 얼굴이 드러났어요. 입에 머리카락을 꽉 물고 쇠사슬이라도 풀어버릴 기세로 몸부림치는 그 모습을 보자, '이게 바로 지옥의 업고業苦로구나!' 하는 생각밖에 들지 않았습니다. 훅하고 소름이 끼친 건 저뿐만이 아니었습죠. 굳센 무사들도 저와 다르지 않았으니까요.

어느 겨를에 밤바람이 또 한차례 지나가는지 뜰에 심어놓은 나뭇가지가 살랑거리는 게 ― 그 자리에 있던 사람은 다들 느꼈을 겁니다. 휭 지나가는 소리가, 어두운 밤하늘을 가득 채우는가 싶더니, 뭔지 모를 검은 물체가 획 날아들었어요. 땅을 짚은 것도 아니고 그렇다고 하늘을 나는 것도 아닌 게 공처럼 생겼다고나 할까요. 아무튼, 그 물건이 영주님 계신 지붕에서 활활 불타오르는 수레 안으로 일직선을 그리며 날아든 거죠. 산산이 부서지는 수레 격자를 향해 뛰어들어 뒤로 젖혀진 계집의 어깨를 끌어안았습죠. 그로부터 황적색으로 주칠한 수레 뒤쪽에서는, 쏟아지는 연기와 함께 귀가 찢길 듯한 고통의 외침만이 끝도 없이 들려왔어요. 그러더니 두세 번 무슨 소리가 ― 우리는 저마다 '앗!' 하고 외쳤습니다. 휘장과 같은 화염을 뒤로하고 계집의 어깨에 매달린 건, 다름 아닌 호리카와 영내에 속한 요시히데라 불린 바로 그 원숭이었으니까요. 그놈이 어떻게 영주님 계신 곳까지 숨어들었는지 아는 이는 아무도 없습니다. 그동안 요시히데의 여식한테 사랑받았으니 그놈이 그냥 뛰어든 게 아닐까 싶어요.

열아홉

하지만 그도 잠시, 금가루 뿌린 듯한 불꽃이 한바탕 휩쓸고 지나가자 원숭이는 물론이거니와 계집의 모습은 검은 연기 뒤로 사라져 버렸지요. 뜰에는 한 대의 수레만이 섬뜩한 소리와 함께 불길에 소용돌이치고 있을 뿐입니다. 화차라기보다는 불기둥이라는 표현이 맞을 거예요. 별 뜬 하늘 위로 들끓어 오르는 으스스한 화염에는 그 말이 꼭 들어맞을 겝니다.

그 불기둥 앞에서 얼어붙은 듯 서 있던 요시히데는 — 이 무슨 해괴한 짓이랍니까? 조금 전까지만 해도 지옥 같은 고통에 몸부림치던 그 사내가, 아주 딴판이 되어 눈에서 광채가 돕니다. 주름투성이 얼굴에 법열의 황홀한 기운이 한가득해서는, 영주님 앞이라는 사실도 잊은 건지 팔짱을 낀 채로 떡하니 버텨 섰어요. 방금 죽은 여식의 고통 따위는 그 사람 눈에는 들어오지 않는 모양입니다. 그에게 희열로 느껴지는 건, 오직 아름다운 불빛과 화염 속 괴로워하는 여인의 모습뿐 — 적어도 제 눈에는 그렇게 보였습니다.

이상한 건 그 사내가 외동딸의 단말마를 화색이 돌아 바라본 게 다가 아닙니다. 마치 인간이 아닌 듯, 꿈속에서나 마주할 법한 사자왕獅子王의 노여움과 같은 그런 이상야릇한 엄숙함이 전해졌단 말입죠. 아, 글쎄 갑작스러운 불똥에 화들짝 놀라 푸드덕거리는 그 많은 새 중에, 요시히데가 쓰고 있던 모미에보시 근처에 얼씬거리는

지옥변(地獄変)

놈은 한 마리도 없었다니까요. 이게 그냥 제 기분 탓이기만 할까요. 보잘것없은 새 눈에도, 그 사내 머리 위로 둥그렇게 떠 있는 후광이 들어온 게 분명해요. 말로는 형용할 수 없는 그 어떤 숙연함이 느껴졌던 게죠.

미물인 새들도 이러할진대 사람인 우리는 어떻겠어요. 한창 젊은 장정들까지 모두 숨을 죽인 채 흠칫흠칫 요시히데를 쳐다봤습죠. 기꺼이 불교에 귀의하는 야릇한 심정으로 뚫어져라 말이죠. 그땐 정말이지, 부처의 영혼을 첫 맞이하는 불상을 보는 것 같았다니까요. 온통 하늘을 뒤덮은 불길과 넋 나간 듯 불길에 휩싸인 수레를 바라보는 요시히데 ─ 어찌나 장엄하던지. '정녕 불법에서 말하는 환희란 이런 것이로구나!' 절로 감탄했습죠. 우리가 이렇게 황홀경에 빠져든 그때 오직 한 사람, 툇마루 위 영주님만은 사뭇 달랐어요. 생판 딴사람이 된 듯 창백해진 얼굴에 게거품을 뿜어내며, 보랏빛 사시누키가 감싸고 있는 무릎을 양손으로 짚고서는 목마른 한 마리 짐승처럼 헐떡이고 있었으니…….

스물

그날 밤, 유키게에서 영주님이 수레를 불태운 사건은 누가 발설했다 할 것도 없이 세상 밖으로 퍼져나갔습니다. 이러쿵저러쿵 말들이 많았는데, 그중에서도 영주님이 요시히데의 여식을 불태워 죽인 까닭을 놓고 ─ 이룰 수 없는 사랑의 한풀이라는 식으로 말하는 이들이 많았습죠. 하지만 영주님 심중은 달랐어요. 화공의 사악한 근성을 꺾어버리겠다고 작정하신 게 분명해요. 수레를 불살라 사람을 죽이는 한이 있더라도, 기필코 병풍을 완성하고 말겠다는 그 못

된 성질 말이에요. 영주님께서 그렇게 말씀하신 걸 제가 직접 들었다니까요.

또 한 축에서는 요시히데가 눈앞에서 딸이 불에 타 죽어가는 광경을 보면서도, 그걸 화폭에 남기려 기를 썼다며, 그 목석 같은 마음을 가지고 이러니저러니 떠들어댔습니다. 개중에는 그 사내를 험담하며 그림을 위해선 부성애마저 저버리는 인면수심의 교활한 놈으로 매도한 사람도 있었어요. 앞서 얘기에서 나온 요가와 주지 스님만 해도 "제아무리 기예에 능하다 한들, 사람이면 마땅히 지켜야할 다섯 가지 도리가 있건만, 이를 가릴 줄 모르면 지옥에 떨어지는건 불 보듯 뻔한 일!" 하고 말씀하시곤 했답니다.

그나저나 그 일이 있고 나서 한 달쯤 지났을까요. 드디어 지옥변이 완성되었는지 요시히데가 그걸 들고 영주님 계신 성으로 찾아왔습니다. 병풍을 공손히 내밀던 그때는 마침 요가와의 스님도 그곳에 계셨는데, 그분조차 병풍의 그림을 보자마자 경악을 금치 못하셨어요. 폭풍 휘몰아치듯 천지를 온통 가득 채운 섬뜩한 불길이, 그한 폭의 그림에 고스란히 담겨 있었거든요. 아, 글쎄 지금껏 힐끗대며 떨떠름한 얼굴로 대해온 건 온데간데없이 사라지고 그림을 보자탁하고 무릎을 치며 "일을 냈구먼!" 하고 말씀하셨다니까요. 전 그순간 쓴웃음 짓던 영주님의 얼굴을 지금도 잊을 수가 없습니다.

그 후로 그 사내를 험담하는 이는 거의 없어졌어요. 적어도 호리카와 영내에서는 그랬어요. 평소 요시히데를 싫어하는 사람도, 그병풍을 직접 눈으로 보면, 절로 숙연해지며 '염열지옥의 형극이 이런 거구나!' 하고 바로 느낄 수 있기 때문이겠죠.

하지만 다들 그렇게 생각할 때쯤 요시히데는 이미 이 세상 사람이 아니었어요. 병풍이 완성된 바로 다음 날, 자기 방 들보에 걸린 밧줄에 목이 매달린 채 발견됐으니까요. 애지중지하던 무남독녀를 먼저 떠나보낸 아비가 어찌 남은 생을 평온히 지낼 수 있었겠어요. 견딜 수 없었던 게지요. 시신은 아직 그 사내의 집터에 묻혀있어요. 자그마한 묘석은 그로부터 몇십 년 맞은 비바람으로 닳고 닳아서, 무덤의 임자가 누군지 지금은 알아볼 수조차 없을 겁니다.

암중문답(闇中問答)

하나

목소리: "넌 내가 기대했던 인간이 아니군."

나: "그건 내 책임이 아니야."

목소리: "그러나 오해를 산 건 네게도 책임이 있어."

나: "난 단 한 번도 네 뜻대로 하겠다고 말한 적 없어."

목소리: "그러나 넌 풍류를 사랑하잖아. ― 어쩌면 그런 척했는지도 모르지."

나: "내가 풍류를 사랑한 건 맞아."

목소리: "네가 사랑한 건 어느 쪽이야? 풍류야? 그렇지 않으면 한 사람의 여자야?"

나: "둘 다야."

목소리: (냉소) "모순적이지 않나?"

나: "뭐가 모순적이야? 한 사람의 여성을 사랑하는 자가 고세토古瀬戸 찻잔을 아낄 줄 모를 수는 있겠지. 하지만 그건 고세토 찻잔을 사랑하는 감각이 모자라는 것뿐이야."

목소리: "풍류인이라면 어느 쪽이든 선택을 해야 해."

나: "안타깝게도 난 태생적으로 풍류인보다 훨씬 더 욕심이 많아. 하긴 장차 한 사람의 여성이 아닌 고세토 찻잔을 고를지도 모르지."

목소리: "그러면 넌 철저하지 못한 인간이야."

나: "네가 말하는 철저함이 그런 뜻이라면, 독감에 걸린 사람이 냉수마찰을 하는 건 가장 철저한 행동이겠네."

목소리: "이제 센 척은 그만두시지. 사실 넌 나약하잖아. 그저 사회로부터 쏟아지는 비난을 피해 보려고 그런 소릴 하는 거잖아."

나: "네 말이 맞아. 새삼 고민할 필요도 없어. 비난을 되받아치지 않으면 짓밟히고 말걸."

목소리: "정말이지, 넌 뻔뻔하기 그지없구나."

나: "난 전혀 그렇지 않아. 내 심장은 아주 작은 일에도 살얼음 걷듯 약하디약하게 생겨먹었단 말이야."

목소리: "너 인제 보니 철인 행세를 하려 드는 거였구나?"

나: "단연코 난 철인에 들지. 그러나 최고는 아냐. 만약 최고라면 저 유명한 괴테처럼 지금쯤 우상이 되어 있겠지."

목소리: "괴테의 연애는 순결했어."

나: "거짓말. 그건 문학 좀 안다며 이러니저러니 떠들기 좋아하는 사람들이 지어낸 말이야. 괴테는 정확히 서른다섯이 되던 해 갑자기 이탈리아로 도주했어. 그래, 도주라는 표현이 꼭 들어맞아. 이에 대한 전후 사정은 괴테 자신과 슈타인 부인만 알고 있을걸."

목소리: "네 말은 자기 편하자고 하는 변명에 불과해. 변명처럼 손쉬운 방법은 없지."

나: "변명은 생각처럼 그리 쉬운 게 아니야. 그렇게 쉽다면 변호사라는 직업은 진작에 없어졌을걸."

목소리: "요 녀석, 입만 살아서! 이제 더는 아무도 너같이 교활한 자를 상대하지 않을 거야."

나: "나에게는 아직 나를 감동하게 할만한 나무와 물이 남아 있어. 어디 그뿐인가. 일본과 중국, 동양과 서양의 책을 삼백 권 넘게 갖고 있단 말이야."

목소리: "그래도 넌 네 독자를 영영 잃고 말 거야."

나: "나에게는 미래의 독자가 있다."

목소리: "미래의 독자가 빵을 주냐?"

나: "지금의 독자도 제대로 된 빵은 주지 않아. 원고료는 많이 받아도 한 장당 10엔円이 채 안 넘는걸."

목소리: "그런 너에게도 자산은 있을 것 아냐?"

나: "내 자산은 혼조本所에 있는 손바닥만 한 땅덩어리가 전부다. 내 한 달 수입은 가장 많이 받았을 때가 300엔을 넘지 못했어."

목소리: "그래도 집이 있잖아. 『근대문예독본』 어쩌고저쩌고하는 책도 있고 말이야……."

나: "나에게는 그 집 마룻대의 목재조차 버거워. 『근대문예독본』 인세는 필요하면 언제든지 줄 테니 가져가. 내가 받은 건 400-500엔 정도가 고작이니까."

목소리: "그렇게 말한다고 네가 그 독본의 편집자라는 사실이 없어지지는 않아. 부끄러운 줄 알아라!"

나: "내가 뭘 부끄러워해야 해?"

목소리: "네가 교육자 흉내를 냈잖아."

나: "내가? 설마. 교육자야말로 우리 행세를 하려 들었어."

목소리: "네가 그러고도 나쓰메夏目 선생의 제자냐?"

나: "나는 분명 나쓰메 선생님의 제자다. 네가 알고 있는 소세키漱石 선생은 시문을 짓고 서화를 즐기는 모습이겠지. 하지만 저 미치광이와도 같은 천재 나쓰메 선생에 대해서는 잘 모를 거야."

목소리: "도대체 너한테는 사상이라는 게 없냐? 어쩌다 있다 하더라도 온통 모순투성이니."

나: "그건 내가 진보했다는 증거야. 바보는 아무리 세월이 지나도 태양이 대야보다 작다고 생각하는 법이지."

목소리: "너의 그 오만함이 너를 해할 날이 올 거다."

나: "나는 가끔 이런 생각을 해. — 어쩌면 나라는 인간은 다타미疊 위에서 편히 죽지 못할지도 모른다고."

목소리: "죽음이 두렵지 않은 척하는 거지? 그렇지?"

나: "난 죽음이 무서워. 그렇다고 해서 죽는 게 그리 어려운 일은 아냐. 이미 두세 번 목을 매 보기도 했거든. 그러나 괴로움은 잠시. 20초도 지나지 않아서 쾌감이 찾아왔어. 죽음은 별것 아냐. 그러니 만약 불쾌한 일을 당한다면 죽기를 주저하지 않을 생각이야."

목소리: "그럼, 넌 어째서 죽지 않는 거냐? 누가 봐도 넌 법률상 죄인이잖아."

나: "나도 알아. 베를렌처럼, 바그너처럼, 혹은 저 위대한 스트린드베리와 같다는 걸."

목소리: "넌 속죄할 생각이 없는 거냐."

나: "그렇지 않아. 난 죗값을 톡톡히 치르고 있어. 괴로움보다 더한 속죄는 없거든."

목소리: "넌 어쩔 수 없는 악당이야."

나: "아니, 난 선량한 편이다. 만약 악인이었다면, 이토록 괴로워하지는 않았겠지. 어디 그뿐인가. 연애한답시고 여자한테 돈도 뜯어냈을 거고."

목소리: "그도 아니면, 어디 모자라던가."

나: "맞아. 난 멍청이야. 스트린드베리의 『천치의 고백Die Beichte eines Thoren』은 나 같은 바보가 쓴 거야."

목소리: "게다가 넌 세상 물정에도 어둡잖아."

나: "세상 물정에 밝은 걸로 친다면, 실업가가 최고일걸."

목소리: "넌 연애를 경멸했어. 그러나 인제 와서 돌이켜보면, 연애 지상주의자인 게 분명해."

나: "아니, 나는 단연코 연애 지상주의자는 아냐. 나는 시인이야. 예술가지."

목소리: "그래도 넌 사랑 때문에 부모와 처자식을 저버렸잖아?"

나: "거짓말하지 마! 난 그저 나 자신을 위해서 그들을 버린 거야."

목소리: "그럼, 넌 에고이스트다."

나: "안타깝게도 난 이기주의자는 아냐. 실은 에고이스트가 되고 싶기는 해."

목소리: "불행하게도 넌 근대 에고를 숭배하는 데 빠져있군."

나: "그래서 내가 근대인인 거야."

목소리: "옛날 사람 중에 근대인은 없어."

나: "옛사람도 한 번쯤은 근대인이었어."

목소리: "넌 아내와 아이들이 가엽지도 않니?"

나: "그럴 리가 있겠어? 내 심정은 고갱의 편지만 읽어도 알 수 있어."

목소리: "이제야 네가 저지른 짓을 시인할 생각이구나."

나: "그럴 거였으면 너랑 문답 따위 나누지 않아."

목소리: "역시, 잘못을 인정하지 않을 셈인가?"

나: "난 그저 포기했을 뿐이야."

목소리: "그럼, 책임은 누가 지는데?"

나: "4분의 1은 내 유전, 4분의 1은 내 환경, 4분의 1은 우연 — 내 책임은 4분의 1뿐이다."

목소리: "넌 정말 구제불능이구나!"

나: "사람은 다 저속한 존재야."

목소리: "그렇게 말하면 넌 악마주의자다."

나: "너에게는 안됐지만 그렇지 않아. 안전지대에 사는 악마주의자를 경멸하거든."

목소리: (잠시 침묵이 흐른 뒤) "아무튼 넌 괴롭잖아. 그 정도는 인정해도 괜찮아."

나: "아니, 넘겨짚지 마. 어쩌면 난 괴로움을 즐기고 있는 건지도 몰라. 게다가 '무언가 얻은 것을 잃는다는 것은 두려운 일이다.'는 말은 철인의 입에서 나올 소리는 아니잖아."

목소리: "넌 정직한지도 몰라. 어쩌면 연기꾼인지도 모르고."

나: "나도 내가 둘 중 하나에 속한다고 생각해."

목소리: "넌 늘 네가 현실주의자라고 믿어왔지."

나: "그건 그만큼 내가 이상주의자였다는 얘기야."

목소리: "어쩌면 넌 사라질지도 몰라."

나: "그래도 내가 만들어 놓은 것이 제2의 나를 만들어줄 거야."

목소리: "그럼, 네 맘껏 괴로워해라. 난 더는 네 곁에 있을 수 없어."

나: "기다려. 물어볼 게 있어. 지금까지 내게 말을 건 너는 ― 눈에 보이지 않는 네 정체는 뭐냐?"

목소리: "나? 나로 말할 것 같으면, 이 세상이 열릴 때 야곱과 힘을 겨뤘던 천재라는 자올시다."

둘

목소리: "기특하게도 용기는 있군."

나: "아니, 난 용감하지 않아. 만약 용기가 있었다면 사자獅子 입에 내 몸을 던지지는 않았을 거야. 그냥 사자가 날 잡아먹기를 기다렸겠지."

목소리: "그러나 네 행실은 인간다움을 간직하고 있어."

나: "인간다운 것이 바로 동물스러운 거니까."

목소리: "네 행동이 나쁘다는 건 아냐. 넌 그저 현대의 사회제도 탓에 괴로운 거야."

나: "사회제도가 바뀐다 해도 내 행위는 분명 다른 사람을 불행에 빠뜨릴 거야."

목소리: "아직 너는 자살하지 않았어. 어쨌든 힘이 있잖아."

나: "여러 번 죽으려 시도했어. 자연스러운 죽음을 가장하기 위해 하루에 파리를 열 마리씩 잡아먹은 적도 있거든. 찐 파리를 잘게 갈아 마시는 건 일도 아냐. 하지만 씹어 먹는 건 좀 더러워."

목소리: "그렇게만 하면 넌 위대해질 거야."

나: "내가 원하는 건 그런 게 아니야. 그저 평화를 얻고 싶을 뿐. 바그너의 편지를 봐. 사랑하는 아내와 아이 두서 명과 생활할 수 있을 만큼의 돈만 있다면, 위대한 예술 따위 만들지 않아도 얼마든지 살 수 있다고 쓰여 있어. 자아가 강한 바그너도 이러할진대."

목소리: "아무튼 넌 괴롭잖아. 양심적인 인간이라고."

나: "나에게 양심 따위 없어. 나에게 있는 거라곤 오로지 신경 뿐이야."

목소리: "네 가정생활은 불행했어."

나: "그러나 내 아내는 나에게 늘 충실했어."

목소리: "네가 비극적인 건 네가 그 누구보다 이지적인 경향이 강한 데 있어."

나: "거짓말. 내가 희극적인 건 내가 다른 사람보다 세상에 대해 잘 알지 못하는 데 있거든."

목소리: "그래도 넌 정직하잖아. 아무도 모르는데 사랑하는 여자의 남편에게 모든 사실을 털어놨으면서."

나: "그 또한 거짓이다. 피할 수 있을 때까지 피했으니까."

목소리: "넌 시인이다. 예술가야. 모든 게 용서가 돼."

나: "난 시인이야. 예술가지. 하지만 사회의 일원이기도 해. 나에게 십자가를 지우는 건 당연해. 오히려 너무 가볍다고나 할까."

목소리: "넌 에고를 잊고 있어. 네 개성을 존중하고 저속하고 악랄한 민중을 경멸하라."

나: "네가 그렇게 말하지 않아도 난 내 개성을 존중해. 그러나 민중을 경멸하지는 않아. 언젠가 내가 이런 말을 했었지. ―'구슬은

깨져도 기와는 부서지지 않는다.'라는. 셰익스피어나 괴테 혹은 지카마쓰 몬자에몬近松門左衛門은 언젠가 한 번쯤은 사라지겠지. 그러나 그들을 낳은 — 위대한 민중은 사라지지 않아. 비록 형태는 바뀔지라도 모든 예술은 민중 사이에서 태어날 것이 분명하기에."

목소리: "네가 쓴 글은 독창적이야."

나: "아니, 독창적이라 할 수 없어. 무엇보다 일찍이 독창적인 자가 있었던가? 제아무리 천재가 쓴 글이라 해도 원형은 반드시 있어. 특히 난 그걸 자주 훔쳤고."

목소리: "그래도 네가 가르침을 준 적도 있어."

나: "만약 내가 뭔가를 가르쳤다면, 그건 바로 불가능이 뭔지 알려주는 일일 거야. 날 보면 단박에 알 수 있거든. 독창적일 수 없다는 걸."

목소리: "네가 초인이라는 사실을 받아들여."

나: "아니, 난 초인이 아냐. 우리 중 그 누구도 초인은 없어. 초인은 오직 한 사람 차라투스트라밖에 없어. 어디 그뿐인가. 차라투스트라가 어떤 죽음을 맞이했는지는 니체 자신도 몰라."

목소리: "사회가 두려운가?"

나: "누가 무섭대?"

목소리: "감옥에 3년씩이나 갇혔던 와일드를 봐. 그는 '함부로 자살하는 행위는 사회를 향해 패배를 인정하는 거다.'라고 말했어."

나: "와일드는 감옥에 있을 때 여러 번 자살을 시도했어. 자살에 이르지 못한 건 그저 방법을 몰랐을 뿐."

목소리: "선과 악을 짓밟거라."

나: "난 앞으로 더 선량해질 생각이다."

목소리: "너무 단순하군."

나: "그렇지 않아. 난 너무 복잡한 사람이야."

목소리: "어쨌든 안심해도 좋아. 네 독자는 끊이지 않을 테니."

나: "그건 저작권이 사라진 뒤의 얘기다."

목소리: "넌 그저 사랑 때문에 괴로운 거야."

나: "사랑 탓이라고? 누가 문학청년 아니랄까 봐. 낯간지러운 소리 작작 해. 고작 여자 문제로 좌절한 게 다니까."

목소리: "남녀문제는 누구에게나 어려운 법."

나: "그 말은 사람은 다 돈 욕심에 빠지기에 십상이라는 하나마나 한 소리야."

목소리: "인생의 십자가를 짊어지고 있군."

나: "그렇게 말해봤자 아무 소용없어. 정부 살인이나 남의 것을 빼앗은 범인도 인생의 십자가는 지고 있으니까."

목소리: "인생은 그렇게 어둡지만은 않아."

나: "인생은 '선택받은 소수'를 뺀 나머지 모두에게 어두워. 게다가 '선택받은 소수'는 바보 또는 악인의 또 다른 이름에 불과해."

목소리: "그럼, 네 맘대로 괴로워해라. 너 내가 누군지 알기나 해? 큰맘 먹고 위로 차 왔더니."

나: "넌 개야. 그 옛날 파우스트 방으로 개가 되어 들어온 악마임이 분명해."

셋

목소리: "넌 지금 뭘 하고 있니?"

나: "뭔가 긁적이고 있을 뿐이야."

목소리: "너는 어째서 글을 쓰는 거냐."

나: "쓰지 않으면 견딜 수 없어서 그래."

목소리: "그럼, 계속 써라. 죽을 때까지."

나: "물론 그럴 거야. — 달리 방도가 없거든."

목소리: "보기보다 침착한걸."

나: "전혀 그렇지 않아. 날 아는 사람이라면 내 괴로움을 알 텐데."

목소리: "네 미소는 어디로 사라졌지?"

나: "천상의 신들에게로 돌아가고 말았어. 인생에 미소를 보내기 위해선 우선 조화로운 성격, 다음으로 돈, 그다음으로 지금의 나보다 강인한 정신력을 갖춰야만 해.

목소리: "그래도 마음은 가볍잖아."

나: "맞아. 가벼워졌어. 그런데 대신에 벌거벗은 어깨 위로 일생의 무거운 짐을 짊어져야만 해."

목소리: "네 나름의 삶의 방식을 찾아야만 해. 아니면 네 나름의……."

나: "그래. 내 방식대로 죽는 길밖에 없어."

목소리: "예전의 네가 아닌 새로운 모습으로 거듭나겠지."

나: "난 언제까지고 나 자신이다. 그저 가죽이 바뀔 뿐. 뱀이 허물을 벗듯이."

목소리: "넌 뭐든지 잘 알고 있군."

나: "아니, 난 잘 몰라. 내가 의식하고 있는 것이라곤 내 영혼의 일부야. 그렇지 않은 부분은 — 내 혼이 깃든 아프리카는 끝도 없이

광활하게 펼쳐져 있어. 내가 두려운 건 바로 그거야. 빛 한가운데 괴물은 없지. 그러나 끝없이 펼쳐진 어둠 저편에는 무언가 잠들어 있거든."

목소리: "너 역시 내 아이였어."

나: "누구냐? 나에게 입 맞춘 넌? 아니지. 난 널 이미 알고 있어."

목소리: "그럼, 내가 누군지 맞혀봐."

나: "내 평화를 빼앗아 간 자. 내 쾌락을 깬 자. 내 — 아니, 나뿐이 아니지. 그 옛날 지나支那의 성인이 가르친 중용中庸의 정신을 잃게 만든 자야. 네 희생양은 온 세상 안 미친 곳이 없을 정도로 많다. 문학사에도. 신문 기사에도."

목소리: "넌 그걸 뭐라 부르는데"

나: "나는 — 사실 난 그걸 뭐라 불러야 할지 잘 모르겠어. 남들이 말하길 넌 우리를 초월한 힘을 갖고 있다지. 그러니까 우리를 지배하는 악령Daimon인 셈이지."

목소리: "넌 너 자신을 축복해야 할 거다. 난 아무나 하고 얘기하러 오진 않거든."

나: "아니, 난 그 누구보다 네가 오는 걸 경계할 작정이야. 네가 오는 곳에 평화는 없어. 어디 그뿐인 줄 알아. 넌 엑스레이처럼 모든 것을 꿰뚫어 보잖아."

목소리: "그럼, 앞으로도 방심하지 말든지."

나: "물론 마음을 놓진 않아. 다만, 펜을 들고 있을 때는……."

목소리: "뭔가 글을 쓸 때는 오라는 말인가."

나: "누가 오랬어! 난 군소 작가에 불과해. 아니, 그들 틈에 끼

고 싶은 사람이라 말해야 더 정확하겠지. 평화는 거기서만 얻을 수 있거든. 그러나 펜을 들고 있을 때는 네 노예가 될지도 모르지."

목소리: "그럼, 늘 마음을 졸이고 있어. 내가 네 말을 하나하나 실행에 옮길지도 모르니까. 이제 갈게. 언젠가 또 만나러 올게."

나: (혼자 남는다) "아쿠타가와 류노스케! 아쿠타가와 류노스케! 땅에 뿌리를 단단히 내려. 넌 바람에 나부끼는 갈대와 같아. 구름의 움직임이 언제 또 바뀔지 몰라. 힘주어 잘 버티고 있어. 너 자신을 위해서 하는 말이야. 네 아이를 위해서도 그렇고. 자만하지 마라. 그렇다고 비굴하게 굴지도 말고. 이제 다시 시작하는 거다."

(1927년, 쇼와昭和 2년, 유고)

아쿠타가와문학의 현재성과
미래지향적 글쓰기

이민희(옮긴이)

이 책 『라쇼몬』은 1920년대 활동했던 일본 작가 아쿠타가와 류노스케芥川龍之介의 작품 가운데 「라쇼몬羅生門」을 포함한 아홉 편을 한데 묶은 것이다. 옛 설화집에서 따온 「라쇼몬」에서 당장 일인극一人劇으로 상연해도 될 「암중문답闇中問答」에 이르기까지, 스펙트럼이 넓은 『라쇼몬』에서 아쿠타가와 문학의 너비와 깊이를 가늠해볼 수 있다면 더할 나위 없이 좋겠지만, 어쩌면 의식의 파편화나 스토리의 빈곤함을 느낄지도 모르겠다. 짤막한 단편에다가 이야기 중간중간에 갑자기 튀어나오는 작자가 집중도를 떨어트릴 수 있기 때문이다. 그러나 어디선가 한 번쯤은 들어봤음 직한 '아쿠타가와상'은, 한국에서 작가 지망생을 소설가의 길로 이끄는 '이상문학상'과 '동인문학상'에 맞먹는다. 이상, 김동인, 아쿠타가와의 문학정신을 잇는다는 취지에서 시작된 이들 문학상이, 새로운 글쓰기에 문학적 가치를 불어넣듯, 근대문학과 현대문학은 하나로 이어져 있다. 한 세기 지난 문학이라도 시공간을 넘어 지금 우리가 떠안고 있는 문제에 맞닿을

수 있다면 그 또한 다행이라는 생각에, 근대와 현대를 잇는 글쓰기로 「라쇼몬」, 「덤불 숲藪の中」, 「광석차トロッコ」, 「김 장군金将軍」, 「모모타로桃太郎」, 「인사お時儀」, 「갓파河童」, 「지옥변地獄変」, 「암중문답」을 소개한다.

　　우리가 일상에서 마주하는 아쿠타가와 류노스케는 서점가 한편에 자리 잡은 '아쿠타가와상 수상작' 띠지를 두른 현대 일본 소설일 터이다. 어쩌면 일본 문호들의 이야기 〈문호스트레이독스文豪ストレイドッグス〉와 같은 문화 콘텐츠에 나오는 현대적으로 개조된 아쿠타가와일지도 모르겠다. 물론 개중에는 1950년대 해외에서 주목받은 구로사와 아키라黒沢明 감독의 영화 〈라쇼몬〉의 낡은 이미지를 떠올리는 사람도 있겠지만, 흑백 사진에 실린 근대문학자 대다수가 그러하듯 어딘지 모르게 암울한 기존 이미지에서 벗어나 밝아진 건 분명하다. 이러한 탈바꿈에 세계적으로 널리 읽히는 일본 작가 무라카미 하루키村上春樹도 한몫 거들었다. 2006년 『펭귄 클래식Penguin Classics』에 수록된 『아쿠타가와 류노스케 단편집』은 제이 루빈Jay Rubin이 번역하고 무라카미가 「서문」을 맡았는데, 하얗고 노란 바탕에 나뭇가지에 매달린 거미를 붙잡으려 애쓰는 고양이 표지를 내세운 일본어판은, 지금까지와는 사뭇 다른 밝은 아쿠타가와 이미지를 제공했다. 이 단편집에서 동서양이 교차하는 근대문학과 현대문학의 공통 환경에 주목한 무라카미는, 문학이 앞으로 나아가야 할 방향성을 내놓으며 세계문학을 짊어진 작가다운 면모를 다시금 보여주었다.

　　사실 한반도에서 아쿠타가와는 지금보다는 20세기에 더 잘 알려진 인물이었다. 1927년 아쿠타가와가 생을 마감한 다음 날, 일본 열도에서는 각종 미디어가 앞다투어 그의 자살을 보도했는데,

이 사건은 한반도에서 발행된 일본어 신문『京城日報』는 물론 〈개천 씨 자살 본받아 아현서 일 청년 자살〉, 〈일본서도 개천 씨 자살을 흉내내어서 죽은 문학청년〉(『중외일보』 1927. 07. 30)이 보여주듯 한국어 신문도 곧바로 다루었다. 아쿠타가와의 그림자는 한국 근대문학자의 발자취에도 드리워져 있다. 박태원의 「소설가 仇甫씨의 일일」(『조선중앙일보』 1934. 08. 01-09. 01)에 등장하는 '아쿠타가와 류노스케'나 이상의 「날개」(『朝光』 1936. 09)와 「終生記」(『朝光』 1937. 05)에 나오는 '박제가 되어버린 천재'와 '서른 여섯 살에 自殺한 어느「天才'」는 식민을 겪은 한반도의 근대사와 궤를 같이한다. 근대기 아시아의 지정학적 변화에 민감하게 반응한 아쿠타가와 문학을 매개로 읽는다면, 우리의 생각은 더 먼 곳을 향해 나아갈 것이다.

　　무엇보다 『라쇼몬』에서는 '단편의 귀재'라 불릴 만한 작가의 고도의 집중력을 확인할 수 있다. 그중에서도 「라쇼몬」은 헤이안平安 시대 설화집『곤자쿠 모노가타리슈今昔物語集』에 실린 〈라쇼몬의 시체 도둑 이야기羅生門登上層見死盜人語〉에서 찾은 글감을 정교하게 다듬은 것이다. 「라쇼몬」 이외에도 영화로 만들어지거나 일본 교과서에 실린 「덤불 숲」, 「지옥변」, 「광석차」는 인간 본성의 추함, 예술을 향한 일그러진 열정, 동심의 세계를 휘감는 불안감이 들여다보인다. 언뜻 옛이야기나 동화로 보이는 「김 장군」, 「모모타로」, 「갓파」는 서구권에서 비롯된 제국주의가 전 세계로 전파되는 20세기 전후 국제정세를 시야에 넣었을 때 비로소 그 의미가 뚜렷해진다. 더욱이 「갓파」는 「인사」, 「암중문답」과 함께 대중문학 형성기를 맞아 급변하는 출판 시장에 잇따른 글쓰기 장의 변동과도 맞물려 있다. 물론 짧디짧은 「인사」에서 1920년대 일본 문학계를 읽어내기는 어려울 것이다. 얼핏 봐서는 실제로 일어난 일을 메모한 것인지 소설작성법을 적어놓은 것인지 가늠할 수조차 없다. 그러나 이러한 모호한 글쓰기는, 모든 소설을 작가의 사생활로 연결 짓는 블랙홀과 같은 사소설私小說의 자장으로부터 탈주하려는 전략이기도 하다. 작은 이야기인 소설小說에 큰 이야기를 담으려는 작자에게 사소설은, 그것이 생겨난 1920년대는 물론이거니와 지금도 넘어야 할 산이다. 독자에게 인류애를닮은지속 가능한 미래에 관한 메시지를 전하고픈 작자에게는 더욱 그렇다.

그렇다면 근대 들어 문학이 사회에서 어떤 역할을 해왔는지 아쿠타가와 문학을 포함한 일본 근현대문학을 놓고 생각해보자.

『소설의 발생The Rise of the Novel』의 저자 이언 와트Ian Watt에 따르면 '소설novel'은 18세기 초기 영국에서 생겨났다. 그것의 결정적인 특질은 과거 산문 이야기prose fiction와 다른 사실주의로, 19세기 일본에서도 근대적 사실주의를 제창하는 움직임이 나타났다. 쓰보우치 쇼요坪內逍遥가 『소설신수小說神髓』에서 "소설에서 가장 중요한 것은 인정을 그리는 것이며 다음은 세상의 모습이나 풍속을 묘사하는 것"이라 주장하면서 그의 문학론을 소설 『당세서생기질当世書生気質』에서 실천해 보인 것이다. 인류는 이러한 소설이 탄생하기 이전 르네상스 시대에서 근대에 이르기까지 '신'에서 벗어나 '인간' 중심으로 나아갔으며, 진화론과 정신분석학과 같은 학문의 힘을 빌려 인간을 이해해 갔다. 문제는 문명을 향하는 과정에 우생학과 같은 유사과학이 생겨나 홀로코스트를 뒷받침하는 일이 벌어졌다는 사실이다. 제1·2차 세계대전은 인류가 일구어낸 '근대'를 스스로 의심하도록 만든 결정적인 계기가 되었다.

이때 사실성을 추구하며 근대에 등장한 소설은 자신이 보고, 듣고, 느낀 근대를 기술한다. 무라카미가 예의 『아쿠타가와 류노스케 단편집』에서 '국민 작가'로 꼽은 나쓰메 소세키夏目漱石, 시마자키 도손島崎藤村, 시가 나오야志賀直哉의 「마음こころ」, 「파계破戒」, 「암야행로暗夜行路」는 봉건사회에서 근대로 전환하는 과정에서 생겨난 문제점을 가감 없이 보여준다. 때로는 아쿠타가와의 「갓파」처럼 우생학의 위험성을 미리 내다보기도 한다. 무라카미의 「해변의 카프카海辺のカフカ」나 노벨문학상을 받은 오에 겐자부로大江健三郎의 「어떻게 나무를 죽일까如何に木を殺すか」와 같은 소설은, 베네딕트 앤더슨Benedict Anderson 식으로 말하자면 인류가 '상상의 공동체'에 불과한 국가를 위해 목숨 바쳐 전쟁을 수행한 역사적 사실을 기억 속에서 끄집어낸다.

한편 근대문학은 '집단' 속에서 인간 '개인'을 발견하고 이를 전면에 내세웠다. 회화에 빗대어 말하자면, 풍경화에서 초상화로의 전환이며 이때 사소설은 자화상에 해당한다. 그러나 일본 고유의 문학 장르로 여겨지는 사소설은, 과거 아쿠타가와도 그랬지만 현재 무라카미에게도 "정면으로 대항해야 할 글쓰기 방식"이다. 「마음」이나 「파계」에서 보이는 '人'과 '非人'의 문제 또한 근대 초기 문학에서 흔히 다뤄졌는데, 제2차 세계대전을 배경으로 하는 「어떻게 나무를 죽일까」에 이르러서는 '國民'과 '非國民'의 문제로 확장한다. 문명과 야만의 대립 구도 속에서 국가와 민족을 오가며 '우리'와 '우리가 아님'을 가르는 경계 짓기는, 세계인권을 지키고 보호해야 할 인류가 떠안고 있는 난제難題로 우리 앞에 놓여 있다.

이른바 '사회파 추리소설'이 보여주듯 문학은 사회와 밀접하게 이어져 있다. 하지만 그렇다고 해서 그것이 오로지 사회를 담아내는

도구이기만 한 것은 아니다. 시가 나오야의 「기노사키에서城の崎にて」나 노벨문학상을 받은 가와바타 야스나리川端康成의 「설국雪国」은 그 자체로 일본의 미의식을 드러낸다. 허구임에도 사실성을 추구하는 소설에 대해 그것이 '허구'임을 명백히 밝히는 아쿠타가와의 「인사」도 있다. 소통을 전제로 '너'와 '나'의 이야기를 담아내는 「노르웨이의 숲ノルウェーの森」, 「너의 췌장을 먹고 싶어君の膵臓を食べたい」 등의 현대문학은 우리 사회가 치유의 대상임을 보여준다. 그러한 와중에도 아쿠타가와의 「라쇼몬」이나 다자이 오사무太宰治의 「인간 실격人間失格」과 같은 근대문학이 여전히 읽히는 걸 보면, 문학은 시공간을 초월해서 인간 본연의 모습이 무엇인지 성찰하도록 만드는 역할을 다하고 있는 듯하다.

이러한 아쿠타가와 류노스케는 세계문학 반열에 올라 있는 작가다. 세계적으로 널리 알려진 몇 안 되는 일본 근대문학자와 어깨를 나란히 하며, 세계 각국의 언어로 번역·유통되고 있다. 아쿠타가와의 소설을 원작으로 하는 영화 또한 일본 내에서 줄곧 상영되고 있다. 〈거미줄蜘蛛の糸〉(1946), 〈라쇼몬羅生門〉(1950), 〈미녀와 도적美女と盗賊〉(1952), 〈지옥변地獄變〉(1969), 〈마귀할멈妖婆〉(1976), 〈실패한 성공アイアン.メイズ/ピッツバーグの幻想(Iron Maze)〉(일본·미국 합작, 1991), 〈남경의 기독南京の基督〉(일본·홍콩 합작, 1995), 〈덤불숲薮の中〉(1996), 〈미스티MISTY〉(1997), 〈덤불숲YABU―in a grove―〉(2001), 〈갓파河童 kappa〉(2006), 〈다조마루TAJOMARU〉(2009), 〈광석차トロッコ〉(2010), 〈거미줄蜘蛛の糸〉(2011) 등이 그것인데, 〈暴行The Outrage〉(미국, 1964), 〈一代名妓小鳳〉(타이완, 1984), 〈U mong Pa Meung羅生門〉(타이, 2011)이 보여주듯 동서양을 불문하고 영화로 거듭나고 있다. 이쯤 되면 무라카미의 지적대로 '액추얼하

게 존재하는', 어느 의미에서 불사의 화신이라 할만하다.

　　그런데 이러한 아쿠타가와 문학의 현재성은 작자의 미래 지향성과 무관하지 않다. 이 책『라쇼몬』에서 엮은 「라쇼몬」과 「광석차」는 '일본 국민 정서의 근원지'라 불리지만, 남의 땅을 침범하는 「김장군」과 「모모타로」에서조차 인류 보편적 균형감을 잃지 않는다. 이야기 중간에 느닷없이 '작자'가 튀어나와 읽기를 방해하는 「라쇼몬」은 물론 서술자가 텍스트에 글쓴이를 불러들이는 「갓파」와 「암중문답」은 독자와 소통하기를 희망한다. 「갓파」에서 권총 자살한 시인 톡은 유령이 되어 나타나 자신의 사후 명성을 신경 쓰면서 "내 전집은 출판되었는가?" 하고 묻는다. 이때 "출판은 되었지만, 팔림새는 썩 좋지 않다."는 심령사의 대답에 톡은 "내 전집은 300년 이후—그러니까 저작권이 사라지고 난 후에야 만인이 구매할만한 것이다."라며 자신감을 드러낸다. 「암중문답」 또한 "넌 네 독자를 영영 잃고 말거야." 하며 저주를 내리는 '목소리'에게 '나'가 "나에게는 미래의 독자가 있다."라고 되받아친다. "어쩌면 넌 사라질지도 몰라." 하며 겁주는 '목소리'를 향해 "하지만 내가 만든 것이 제2의 나를 만들어줄거야."라고 호언장담하면서. 「갓파」에서 '나'에게 이야기를 들려주는 '제23호 환자'는 늘 '오늘'을 살고 있다. 일본 열도로 시공간을 특정하지 않는, 아쿠타가와 문학이 상정한 독자는 '만인'이며 '미래의 독자'다.

　　가치는 일찍이 믿어져 왔던 것처럼 작품 안에 있는 것이 아니라, 작품을 감상하는 우리들의 마음속에 있는 것입니다.

　　　　　　　　　　　－아쿠타가와 류노스케 「주유의 말侏儒の言葉」 중에서

이러한 미래 지향성은 아쿠타가와가 평소 갖고 있던 문학에 관한 생각과 유서를 보면 분명해진다. 「벗에 관하여僕の友だち二三人」에서 아쿠타가와는 '소설은 300년쯤 지나면 통용될만한 물건이 아니다.'라면서 '만약 후대에도 내 이름이 기억된다면 그것은 작품의 작자로서가 아니라 오아나 군이 장정한 책의 작자로서 살아남을 것.'이라 확신했다. 이러한 믿음은 '장정은 오아나 류이치小穴隆一 씨에게 맡길 것을 조건으로 한다.'는 그의 「유서遺書」에서도 고스란히 전해진다. 1920년대 당시로부터 '300년' 이후 '문예', 특히 '소설'은 통용되지 않을 것이라 예견한 아쿠타가와 사후, 100년이 채 안 된 시점에 앨빈 커넌Alvin Kernan의 『문학의 죽음The Death of Literature』이 나왔다. 소설이 종이책이 아닌 전자책으로 웹상에 올라와 있고 영화, 드라마, 애니메이션, 연극, 웹툰, 게임 등 매체를 달리하며 장르의 경계를 허물어가고 있는 지금, 아쿠타가와의 예견은 어느 한 작가의 개인적 전망이라 치부할 수만은 없는 선견력을 지녔다고 하겠다.

　　아쿠타가와 문학이 현재성을 구축한 데는 아쿠타가와상을 제정한 동료 작가 기쿠치 간菊池寛의 도움이 있었다. 거기에 전집 홍보와 판권계약 등 아쿠타가와 만년의 행적이 더해져서 문학 장에서의 주도권 쟁탈전에서 살아남았다. 전집과 교과서에 실리고 영화로 제작된 결과, 아쿠타가와 문학은 일본뿐 아니라 전 세계적으로 독자를 확보하고 있다. 그렇다고는 해도 문학성과 보편성을 두루 갖추지 않고서는 세계문학으로 자리매김하기는 어려울 것이다. 이 책을 한국말로 옮긴 이로서 동서양의 근현대를 이어주는 아쿠타가와 문학이 소멸하지 않고 지금도 앞으로도 독자와 함께 어디선가 거닐기를 바란다.

아쿠타가와 류노스케 연보

1892 **3월 1일**, 일본의 도쿄에서 아버지 니하라 도시조와 어머니 후쿠 사이에서 태
어남.

1894 청일전쟁 시작.

1904 러일전쟁 시작. 1902년 어머니가 사망하자 외가 쪽 아쿠타가와 집안에 입양.

1905 도쿄부립 제3중학교 입학.

1910 제3중학교를 졸업하고 제1고등학교 입학.

1913 제1고등학교 졸업에 이어 도쿄제국대학 영문과 입학.

1914 제1차 세계대전 발발. 기쿠치 간, 구메 마사오 등과 함께 동인지『신사조』(제
3차)를 창간하여 아나톨 프랑스의「발타자르」와「노년」게재.

1915 나쓰메 소세키의 문하생이 되고『제국문학』에「라쇼몬」발표.

1916 제4차『신사조』에 실은「코」가 소세키의 극찬을 받았으며,「참마죽」과「손수
건」을 발표하면서 문단에 등단. 졸업논문「윌리엄 모리스 연구」로 도쿄제
국대학을 졸업한 이후, 해군기관학교의 교사가 됨.

1918 쓰카모토 후미와 결혼. 오사카마이니치신문사와 사우계약을 맺어「지옥변」
연재.

1919 아버지가 사망하자 해군기관학교 사퇴.

1920 첫째 아들 아쿠타가와 히로시 출생. 「남경의 기독교」 발표.

1921 오사카마이니치신문사의 특파원으로 중국을 견학하고 「상해유기」 연재.

1922 둘째 아들 아쿠타가와 다카시 출생. 「덤불 숲」, 「신들의 미소」, 「광석차」 발표.

1923 관동대지진 발생으로 인적·물적 손실과 사회적 대혼란을 겪음. 「인사」 발표.

1924 「모모타로」, 「김 장군」 발표.

1925 셋째 아들 아쿠타가와 야스시 출생. 『근대일본문예독본』 5권 중 제1권 간행.

1926 「점귀부」 발표.

1927 **7월 24일**, 도쿄 자택에서 스스로 생을 마감함. 「갓파」, 「톱니바퀴」, 「서방의 사람」, 「어느 바보의 일생」, 「암중문답」 등을 남김.

라쇼몬

1판 1쇄 인쇄 2025년 2월 27일
1판 1쇄 발행 2025년 3월 5일

지은이 아쿠타가와 류노스케
옮긴이 이민희
펴낸이 김영곤
펴낸곳 아르테

편집팀 정지은 김지혜 이영애 김경애 박지석 양수안
출판마케팅팀 한충희 남정한 나은경 최명열 한경화
영업팀 변유경 김영남 강경남 황성진 김도연 권채영
　　　전연우 최유성
제작팀 이영민 권경민
편집, 디자인 다함미디어

출판등록 2000년 5월 6일 제406-2003-061호
주소 (우 10881) 경기도 파주시 회동길 201(문발동)
대표전화 031-955-2100
팩스 031-955-2151

ISBN 979-11-7357-117-6 04800

ISBN 978-89-509-7667-5 (세트)

아르테는 (주)북이십일의 문학·교양 브랜드입니다.

『슬픔이여 안녕』『평온한 삶』『자기만의 방』『워더링 하이츠』『변신』『1984』『인간 실격』『도리언 그레이의 초상』
『월든』『코·초상화』『수레바퀴 아래서』『데미안』『비계 덩어리』『사랑에 관하여』『허클베리 핀의 모험』『이방인』
『위대한 개츠비』『라쇼몬』『내 죽으며 누워있을 때』『첫사랑, 짝사랑』

클래식 라이브러리 시리즈는 계속 출간됩니다.

클래식 클라우드
거장을 만나는 특별한 여행

우리 시대 대표 작가 100인이 내 인생의 거장을 찾아 떠난다
책에서 여행으로, 여행에서 책으로, 나의 깊이를 만드는 클래식 수업

국내 최대 인문 기행 프로젝트 - 클래식 클라우드 시리즈

* 클래식 클라우드 시리즈는 계속 출간됩니다 *

일상에 깊이를 더하는 클래식 클라우드 유튜브!
클래식한 삶을 위한 인문교양 채널-저자 인터뷰, 북트레일러-에서 영상으로 만나보세요.

클래식 클라우드-책보다 여행
누적 재생 수 1000만 회, 네이버 오디오클립, 팟빵에서 검색하세요.

채널로 만나는 클래식 클라우드 시리즈

+ 인스타그램 북이십일 | www.instagram.com/book_twentyone
+ 지인필 | www.instagram.com/jiinpill21
+ 아르테 | www.instagram.com/21_arte

홈페이지 | www.book21.com